U1005143

导读本（上册）

唐诗宋词元曲

TangShiSongCi YuanQu

经典诗词
精彩导读

唐彩云◎编著

新世界出版社
NEW WORLD PRESS

图书在版编目（CIP）数据

唐诗宋词元曲：导读本．上册／唐彩云编著．--北京：新世界出版社，2012.8

（少年人文书架）

ISBN 978－7－5104－2234－8

Ⅰ．①唐… Ⅱ．①唐… Ⅲ．①唐诗－少年读物 ②宋词－少年读物③元曲－少年读物 Ⅳ．①I222

中国版本图书馆CIP数据核字（2012）第156167号

唐诗宋词元曲：导读本（上册）

作　　者：唐彩云
责任编辑：王艳明　杨艳丽
责任印制：李一鸣　黄厚清
出版发行：新世界出版社
社　　址：北京市西城区百万庄大街24号（100037）
发行部：（010）6899 5968　　（010）6899 8733（传真）
总编室：（010）6899 5424　　（010）6832 6679（传真）
http://www.nwp.cn
http://www.newworld-press.com
版权部：+86 10 6899 6306
版权部电子信箱：frank@nwp.com.cn
印刷：北京中印联印务有限公司
经销：新华书店
开本：710×1000　1/16
字数：180千字　　**印张**：10.25
版次：2012年9月第1版　2012年9月第1次印刷
书号：ISBN 978-7-5104-2234-8
定价：19.80元

版权所有，侵权必究
凡购本社图书，如有缺页、倒页、脱页等印装错误，可随时退换。
客服电话：（010）6899 8638

前言

PREFACE

华夏五千年缔造出的文明源远流长，在这五千年灿烂的文化长卷中，有三幅最为璀璨夺目，那就是唐诗、宋词和元曲。

唐诗是我国古典文学史上一颗耀眼的明珠，它浸润于巍巍大唐的盛世气象中，凝结着众多文人的智慧和情感，在绵长的文学史中熠熠生辉。倘若要选择一种语言来代表中华文化，唐诗当之无愧。精练的用词、巧妙的构思、优美的韵律和丰富的意向集于短短熟语之中，不得不令人赞叹唐人的聪明和高妙。

唐诗的内容非常广泛，从自然事物、政治动态、社会万象、平凡生活，直到个人感悟，几乎无所不包；形式也极为全面，既有古体诗和近体诗之分，又有律诗和绝句之别，还有五言、七言等字数上的差异。可以说，唐诗既有对前代的继承，更有创新和发展，它将我国古典诗歌中音节和谐、文字精练的艺术特色推到了一个前所未有的高度。

唐诗内容丰富，蕴涵着博大精深的思想，既有丰饶的欣赏价值，也有引发思考的深刻意义。不经意间信手拈来，总有一些作品能引起我们的共鸣，总有一些故事能荡涤我们的心灵，总有一些人物能影响我们的成长。

《唐诗三百首》是现代人学习唐诗的经典选集，由于篇幅所限，不可能详尽地介绍其中的每一首，因此我们选择了其中最有代表性的唐诗，推荐给青少年朋友。

本书根据中小学阶段语文新课标的要求，紧密结合青少年的实际需求，从青少年的知识结构、接受特点和兴趣爱好出发，遴选了一些最有代表性、最经典的作品，并以通俗而不失蕴藉性的语言娓娓道来，以求帮助青少年更好地学习唐诗，不断提升自身文化素养及诗词品鉴能力。在体例设计上，书中既有值得铭记一生的诗词曲作品本身，也有难点字词的注释及详尽的赏析，更辅之以相关的有趣故事，使得书本的知识性和趣味性相得益彰，便于加深青少年朋友对诗歌的理解。

最后，编者诚挚地希望本书能成为青少年成长的良师益友！

目 录

CONTENTS

唐 诗

怀古伤时诗

崔颢《黄鹤楼》 002
李白《登金陵凤凰台》 004
杜甫《春望》 007
杜甫《蜀相》 009
白居易《卖炭翁》 011
王之涣《登鹳雀楼》 014
刘禹锡《西塞山怀古》 016
刘禹锡《乌衣巷》 019
杜牧《过华清宫(其一)》 021
杜牧《赤壁》 023
韦庄《台城》 025

咏物抒情诗

骆宾王《在狱咏蝉》 028
陈子昂《登幽州台歌》 030
贺知章《回乡偶书(其一)》 032
王湾《次北固山下》 034
李白《月下独酌》 037
李白《行路难(其一)》 039
杜甫《茅屋为秋风所破歌》 041
杜甫《闻官军收河南河北》 044
杜甫《江汉》 046
岑参《逢入京使》 048
李商隐《无题(其一)》 050
李商隐《夜雨寄北》 052
杜牧《遣怀》 054
孟浩然《岁暮归南山》 056
孟郊《游子吟》 059
刘禹锡《秋词(其一)》 061
刘禹锡《酬乐天扬州初逢席上见赠》 063
韩愈《左迁至蓝关示侄孙湘》 066

赠友感怀诗

骆宾王《于易水送人一绝》 069
王勃《送杜少府之任蜀州》 071
李白《渡荆门送别》 073
李白《黄鹤楼送孟浩然之广陵》 075

李白《赠汪伦》 077
李白《送友人》 079
李白《宣州谢朓楼饯别校书叔云》 081
李白《闻王昌龄左迁龙标遥有此寄》 084
杜甫《短歌行赠王郎司直》 086
孟浩然《望洞庭湖赠张丞相》 088
王维《送元二使安西》 090
韦应物《寄李儋元锡》 093
高适《别董大（其一）》 095
王昌龄《芙蓉楼送辛渐》 097
白居易《赋得古原草送别》 099
杜牧《寄扬州韩绰判官》 101

山水田园诗

李白《望天门山》 104
李白《早发白帝城》 106
杜甫《望岳》 108
杜甫《春夜喜雨》 111
白居易《暮江吟》 113
王维《山居秋暝》 115
孟浩然《过故人庄》 117
韦应物《滁州西涧》 119
贾岛《题李凝幽居》 121
韩愈《早春呈水部张十八员外（其一）》 123
白居易《大林寺桃花》 125
白居易《钱塘湖春行》 127

边塞征战诗

王之涣《凉州词》 130
李颀《古从军行》 132
李白《关山月》 134
杜甫《前出塞（其六）》 136
王维《使至塞上》 139
王昌龄《出塞》 141
王昌龄《从军行（其四）》 143
王翰《凉州词》 145
高适《塞上听吹笛》 147
岑参《白雪歌送武判官归京》 149
岑参《碛中作》 152
李益《夜上受降城闻笛》 154
李贺《雁门太守行》 156

唐 诗

怀古伤时诗 / 咏物抒情诗 / 赠友感怀诗 / 山水田园诗 / 边塞征战诗

怀古伤时诗

崔颢《黄鹤楼》

黄鹤楼在今湖北武汉的蛇山上，依山而建，面对长江，是有名的观景胜地。古往今来，无数文人名士皆慕名前往，并留下许多动人的诗篇。

有一次，唐朝诗人崔颢（hào）因事来到武昌，在办完事情之后，就怀着期待的心情前往黄鹤楼游玩。期间，他触景生情，由眼前所见而想起遥远的家乡和自身的际遇，便有感而发写了这首诗，名为《黄鹤楼》。

黄鹤楼①

崔颢

昔人已乘黄鹤去，此地空余黄鹤楼。
黄鹤一去不复返，白云千载空悠悠②。
晴川历历③汉阳树，芳草萋萋鹦鹉洲④。
日暮乡关⑤何处是，烟波江上使人愁。

【注释】

①黄鹤楼：故址在湖北武昌县，历代屡建屡毁。
②悠悠：久远的样子。
③历历：清晰、分明的样子。
④鹦鹉洲：长江中的小洲，在黄鹤楼东北。
⑤乡关：故乡。

崔颢（约704～754年），唐朝汴州（今河南开封）人。历史上关于他的记述并不多，据记载，他是唐开元年间进士，官至太仆寺丞。相传他在唐朝时期诗名很大，写诗颇多，但留传至今的仅四十几首。其作品有《崔颢集》，代表作为《黄鹤楼》。

赏析

这是一首怀古思今、借景抒情的佳作。全诗由诗人登临古迹黄鹤楼的所见写起，由景及情、吊古怀乡，抒发了浓浓的乡愁。

诗歌的首联写诗人怀着对黄鹤楼这一历史古迹的憧憬前往，可到了之后才发现如今的黄鹤楼已是鹤去楼空，呈现于眼前的只是一座普通的江楼。所见现实和美好的向往有此落差，诗人心中不禁染上一层怅然若失的情绪，这为后文情感的表达奠定了基调。

颔联“黄鹤一去不复返，白云千载空悠悠”触景生情，诗人由眼前所见到的景色而产生强烈的感慨：曾经停留于此的黄鹤已经离去，只有天上变幻莫测的白云从古至今依旧存在。在这样的景色对比中，暗含了一种岁月难再、世事茫然的感慨，也为下文抒写游子的思乡之情做好了铺垫。

诗歌的颈联“晴川历历汉阳树，芳草萋萋鹦鹉洲”笔锋一转，描写了远处的秀美景色，艳阳高照的天空下，远处汉阳城中的景色清晰可见，在黄鹤楼东北方的鹦鹉洲上花草繁茂，一派朝气蓬勃的景象。

尾联中，诗人沉浸于黄鹤楼上所见美景之中，不知不觉中夕阳西下，天色渐渐晚了，江上的雾霭一片迷蒙，诗人由此想到，这个时刻应该是万家团聚的时刻，可自己作为远离故土的游子此时难以回到日夜思念的家乡，心中的惆怅之情油然而生。诗作以一“愁”字收篇，不仅准确地表达出诗人当时的心情，而且与前面的感慨相呼应，韵味无穷。

这首诗意境开阔、情真意切，将自然的景色和诗人的情思很好地融合在一起，很有艺术感染力，连“诗仙”李白都自叹不如，还仿照此诗的韵写了几首诗。

知识链接

黄鹤楼的传说

黄鹤楼坐落在今湖北武汉的蛇山（也名黄鹤山）上。传说，在一千多年以前，有位姓辛的老人在蛇山上开了间酒店，有一位道士常常来此喝酒，但他从不买酒菜，只用随身带着的水果下酒。老人想他一定很清贫，便执意不收他的酒钱，还同他交了朋友。

一天，道士用橘子下酒，然后用橘子皮在酒店的墙壁上画了一只黄鹤，自言自语道："酒客至拍手，鹤即下飞舞。"果然，只要有人对着墙壁上的黄鹤拍手，那黄鹤便展翅飞下，神奇至极。后来此事迅速传开，酒店也因此宾客盈门。

这件事被当地一名贪官知道了，他便借口除妖，打算把那面墙壁移到官府。可当船行到中途时，黄鹤竟抖翅飞走了，而那个贪官也因追鹤而葬身江中。卖酒老人为怀念仙鹤，便在原址建了黄鹤楼。

还有一种说法是，相传古代有一位名叫费文祎（huī）的仙人曾在此驾鹤登仙而去，也有传说为古代仙人子安曾经乘仙鹤经过此地，所以人们就在此修建黄鹤楼，并留下驾鹤登仙的美丽传说。崔颢的《黄鹤楼》，是与这个传说相关的。

李白《登金陵凤凰台》

李白是一个才华横溢、富于理想抱负的文人。在年轻的时候，他有机会通过当时社会名流推荐到朝廷去做官，但他性情耿直，因而遭到当朝权贵的毁谤和排挤，郁郁不得志的李白自此离开长安，开始四处游历。

唐玄宗天宝六年（747年），离开长安一路南游的李白来到金陵城（即江苏南京）。他早知道城中的凤凰山上有一座凤凰台，于是慕名前往。在凤凰台旁，他不禁忆古思今，联想到自身的际遇和国家的现状，心中充满愁苦和忧虑，于是写下这首诗。

登金陵凤凰台

李白

凤凰台[①]上凤凰游，凤去台空江自流。
吴宫[②]花草埋幽径，晋代衣冠[③]成古丘[④]。
三山半落青天外，二水中分白鹭洲[⑤]。
总为浮云能蔽日[⑥]，长安不见使人愁。

【注释】

①凤凰台：位于今江苏南京西南一带的凤凰山上。相传在南朝刘宋年间，有三只凤凰飞来聚集于此，人们于是在此修建凤凰台，以示吉祥。

②吴宫：指三国时期吴国皇室的宫殿，因孙吴曾在金陵建都筑宫，固有此说。

③晋代衣冠：指东晋时期的名门世族。

④成古丘：意思是历史人物如今已经只剩一堆古墓了。

⑤白鹭洲：在今南京水西门外，因多聚白鹭而得名。

⑥浮云能蔽日：浮云能够遮住太阳，比喻奸佞之徒蒙蔽君主，也泛指小人当道，社会一片黑暗。

李白（701～762年），字太白，号青莲居士，汉族，祖籍陇西郡成纪县（今甘肃省平凉市静宁县南），唐朝著名诗人，有“诗仙”之称。其诗颇有浪漫之风，至今存诗千余篇，代表作有《蜀道难》《行路难》《梦游天姥吟留别》《将进酒》等，有《李太白集》传世。

赏析

《登金陵凤凰台》一诗是唐代律诗中的杰作，也是李白为数不多的律诗之一。相传这首诗是他根据崔颢《黄鹤楼》一诗的韵写成的。作品表面是在咏怀古迹，但字里行间无不流露出感时伤事的情怀。

诗歌首联以凤凰台的传说起笔，表达出诗人对时空变化的感慨。“凤凰台上凤凰游，凤去台空江自流”，自然明快而表意流畅，凤去台空，可凤凰台周围，滚滚长江水依旧奔流不息。

颔联“吴宫花草埋幽径，晋代衣冠成古丘”，紧承前句，写作者由眼前所见的景物联想到六朝时期的历史，当年那些风流倜傥的人物都已经被埋入坟墓，成为历史的陈迹，就连那巍峨的宫殿也已经荒芜破败，只余一片断壁残垣。在金陵这一古都曾经上演过多少幕兴衰悲喜的故事，可如今，一切都已烟消云散。此处诗人不仅是感慨繁华易逝，更主要是想表达忧国之思，也希望人们能够以史为鉴。

诗歌的五、六句笔锋一转，以工整的对仗，极力描写自然环境的壮美。诗人站在凤凰台上，看着远处的三山，依然耸立在青天之外，白鹭洲把秦淮河隔成两条水道，这样壮丽的河山，令人不得不为之赞美和惊叹。但因为诗人的心始终关切着朝廷政治和社会现实，即使面对这样的美景，他也没有完全沉醉，而是仿佛在极目远眺处看到了如今的都城长安，想到皇帝被奸邪小人包围，也想到自己报国无门的人生际遇，由此发出更深沉的忧国伤时的感慨，意旨深远。

知识链接

律　诗

律诗是中国近体诗的一种，发源于南朝齐永明时期，是讲究声律、对偶的新体诗，到初唐的时候正式定型，成熟于盛唐时期。律诗对诗句的字数和格律要求非常严格，一般来说，律诗每首为八句，但也有少数例外情况，如果仅有六句，则称为短律；十句以上的，则称排律或长律。律诗的字数要求整齐划一，每首分别为五言、六言、七言句，简称五律、六律、七律，其中以五律和七律较为常见。

在每首八句的律诗中，每两句成一联，计四联，第一联为首联，第二联为颔（hàn）联，第三联为颈联，第四联为尾联。在律诗中，每句中的用字要求平仄相间，上下句中相应的字则是平仄相对，而且要求每首的二、三两联（即颔联、颈联）的上下句必须是对偶句。律诗在押韵方面也有严格的要求，一般要全首通押一韵，限平声韵，一般都为第二、四、六、八句押韵，首句可押可不押。

杜甫《春望》

唐玄宗天宝十四年（755年），安史之乱爆发。在安史之乱中，长安一度被安禄山的军队攻占，国家陷入危亡的境地，当时的皇帝唐玄宗也因此被迫逃亡灵武。不久之后，玄宗退位，太子李亨在灵武称帝，是为肃宗。

756年，杜甫前往灵武投奔唐肃宗，途中被叛军俘虏，从此与家人失散，困居于长安。第二年的春天，杜甫触景生情，写下了这首诗。

春　望

杜甫

国破①山河在，城春草木深。
感时②花溅泪，恨别③鸟惊心。
烽火连三月，家书抵万金④。
白头搔更短⑤，浑⑥欲不胜簪。

【注释】

①国破：国都被攻破，在安史之乱中，京都长安城曾被叛军占领。
②感时：感伤时局。
③恨别：怅恨离别。
④抵万金：家书可值几万两黄金，形容家信非常难得。
⑤白头搔更短：头发变得花白，也越抓越少了。
⑥浑：简直。

杜甫（712～770年），字子美，自号少陵野老，盛唐时期伟大的现实主义诗人，一生曾任左拾遗、校工部员外郎等职，后世也因此称之为杜拾遗、杜工部。他一生忧国忧民，写下一千五百多首诗篇，被后世尊称为“诗圣”，其代表作为“三吏”（《新安吏》《石壕吏》《潼关吏》）、“三别”（《新婚别》《垂老别》《无家别》）等。

赏析

这首五言律诗作于唐肃宗至德二年（757年），当时安禄山和史思明起兵反唐，并一举攻下京都长安。此后，叛军在长安城内烧杀劫掠，百姓生活苦不堪言。因被叛军俘虏而困居长安的杜甫看到这种情境，联想到国破家亡的现状和自身的悲苦际遇，发出了这样深沉的感慨。全诗充满着忧国、伤时、念家、悲己的感情，显得沉郁悲壮。

诗歌的首联以工整的对仗描写了这样的情景：虽然山河依旧，可是国都已经沦陷，城池残破，乱草丛生，林木苍苍，一片衰颓。“国破”点明国家沦陷的现实，“草木深”表现出长安凄凉而衰败的景象。这两句诗表面是在写景，实则借景抒情。诗人将自己深沉的情感融于景色描写之中，奠定了全诗悲凉的气氛。

在诗歌的颔联，诗人触景生情，移情于物，以“花溅泪”、“鸟惊心”抒写自己对国破家亡这一无奈现实的强烈悲愤之情——昔日繁华的长安城如今变得如此凄凉，花也会为之落泪，鸟也会为之惊心。

在颈联中，诗人很自然地由对国家命运的深思过渡到对自身际遇的感慨和对家人的思念上，想到自己和家人因为战争而失散，如今自己被困在长安城中，不知家人身在何处，所以非常担忧和想念。

尾联紧承上句，写诗人看到眼前衰颓的景象，想着当今国家的命运，料想自己在这样的情况下是很难收到家信了；而且因为担忧和焦虑，自己的头发日益灰白，而且越来越少，甚至连簪子也插不住了。国破家亡、离乱伤痛已叫人难以承受，如今又添了一层对衰老的焦虑，全诗悲愁尽显。

知识链接

杜甫与安史之乱

安史之乱是由安禄山和史思明在唐玄宗天宝十四年（755年）发起的一次反对唐王朝的战争。它既是唐朝由盛转衰的分界线，也是唐代诗歌风格的一个转型期。此时，社会由富庶安康的年代进入动荡不安的年代，而诗歌也由追求飘逸、浪漫的年代，进入一个沉郁、哀伤和面对现实的年代。

安史之乱爆发一年多之后，叛军攻破潼关，玄宗皇帝逃往西蜀成都，长安沦陷。杜甫在战乱中带着家人四处逃亡，听说肃宗在宁夏灵武即位的消息后，他马上只身投奔肃宗，但不幸被叛军捉住并带往长安，过了八个月的俘虏生活。在侥幸逃脱之后，他见到肃宗，并被任命为左拾遗。当时宰相房琯遭人诽谤，被肃宗罢去相职，杜甫因为房琯说情而触怒肃宗，被贬为华州司功参军，次年弃官而去，结束其仕途生涯。

虽然生活在安史之乱的时代背景下，杜甫仍笔耕不辍，写出许多优秀的作品。这些作品或记录当时的政治大事，或抒写自己在特定背景下的感悟和思考，情感沉郁顿挫，杜甫的诗歌也因此被称为“诗史”。

杜甫《蜀相》

在杜甫生活的年代，唐朝已经开始由强盛而转向衰落，当时宦官专权的现象比较严重，政治十分腐朽。虽然杜甫曾在危难之中得到朝廷任用，担任左拾遗一职，实际上却是有名无实的。

因触怒皇帝被贬为华州司功参军后，唐肃宗乾元二年（759年），杜甫终于弃官，带着家人来到四川成都，在朋友的资助下，定居在浣花溪畔。第二年春天，他慕名探访诸葛武侯祠，写下这首动人肺腑的咏史诗。

蜀　相①

杜甫

丞相祠堂②何处寻，锦官城③外柏森森④。
映阶碧草自春色，隔叶黄鹂空好音。
三顾频烦⑤天下计，两朝开济⑥老臣心。
出师未捷身先死，长使英雄泪满襟。

【注释】

①蜀相：指三国时蜀汉的丞相诸葛亮（孔明）。

②丞相祠堂：诸葛武侯祠，在今四川成都。

③锦官城：今四川成都。因为汉代时当地织锦业发达，所以成都被称为“锦官城”。

④森森：树木茂盛繁密的样子。

⑤频烦：通“频繁”。

⑥两朝开济：指诸葛亮辅助刘备开创帝业，后又辅佐刘禅。

赏析

这是一首脍炙人口的咏史诗。杜甫写这首诗歌的时候，安史之乱已持续五年仍未平定。这一时期，国家政局动荡不安，民不聊生，到处是一派衰败的景象。此时的杜甫非常渴望为国效力，但由于朝廷政治腐败，他始终难以施展自己的抱负，也因此对三国时期辅助刘备开创帝业、挽救时局的诸葛亮格外仰慕和敬重，到达成都之后，他就慕名前往武侯祠进行瞻仰和悼念。这首诗歌的前四句写景，后四句抒情，既表达诗人对三国时期蜀相诸葛亮的无限崇拜之情，也抒发对其未完成大业就憾然离世的惋惜之情，更流露出诗人忧国忧民的爱国情怀和壮志难酬、报国无门的感慨。

何处去寻找武侯诸葛亮的祠堂？在成都城外那柏树茂密的地方。诗歌首联两句以自问自答的形式点明武侯祠的所在地和周围的景色，渲染出一种安静、肃穆的气氛。

颔联描写了武侯祠堂内的景物：台阶上碧绿的青草在阳光下散发着春天的气息，那栖居在茂密树林间的黄鹂也在唱着悦耳的歌声。这些诗句以自然之景反衬祠堂内冷清、孤寂无人的现状，字里行间充满睹物思人、物是人非的感慨。

颈联以言简意赅的文字，概括了诸葛亮一生的丰功伟绩，既说明诗人敬重诸葛亮的缘由，也表达诗人渴望像他一样为国效力、有所作为的决心和勇气。

而在诗歌的尾联，诗人以沉痛的笔调写出诸葛亮“出师未捷身先死”之遗憾，表现出对诸葛亮“鞠躬尽瘁，死而后已”这一崇高献身精神的敬仰及对其事业未成的深痛惋惜，同时也借此抒发自己壮志难酬的愤懑。

知识链接

蜀相诸葛亮

诸葛亮（181～234年），字孔明，号卧龙（也作伏龙），琅玡（láng yá）阳都（今山东省临沂市沂南县）人，三国时期蜀汉的丞相，我国历史上杰出的政治家、军事家。

诸葛亮早年一直在南阳郡襄阳隆中（约在今湖北省襄阳市西南）务农，平日喜欢读书吟诗，常以管仲、乐毅自比，但当时只有少数人相信他的才华。建安十二年（207年），刘备三顾茅庐，问以统一天下之大计，诸葛亮精辟地分析了当时形势，并提出一系列计策。刘备听后，觉得诸葛亮是一个难得的人才，于是恳切地请诸葛亮出山，以帮助自己完成兴复汉室的大业。后来，在诸葛亮的谋划下，孙权、刘备联盟，于赤壁之战中大破曹操，形成三国鼎立的格局。之后，诸葛亮又帮助刘备成功地夺取荆州、益州、汉中等地。刘备在成都建立蜀汉政权后，诸葛亮被任命为丞相，史称“蜀相”。

刘备死后，刘禅继位，诸葛亮被封为武乡侯，掌管丞相事务，并多次率军北伐，但多以粮尽无功而返。后来，他因心力交瘁，积劳成疾，病死于军中，践行了自己“鞠躬尽瘁，死而后已”的誓言，赢得后世人们的景仰和崇敬。

白居易《卖炭翁》

白居易生活的那个年代，唐朝统治者欺压人民的现象非常严重，百姓生活得十分艰辛。当时，负责为皇宫采购物品的太监通常会带着士兵直接到市场上物色所需的物品，然后以很少的钱换取大量的东西，或者干脆直接抢夺。

唐宪宗元和初年（806年）冬季的一天，白居易听一卖炭老者讲述自己被掠夺的遭遇，不由得感慨宫市的祸害和人民生活的疾苦，于是以饱含同情的笔调写下这首诗。

卖炭翁

白居易

卖炭翁，伐薪烧炭南山①中。
满面尘灰烟火色，两鬓苍苍十指黑。
卖炭得钱何所营②？身上衣裳口中食。
可怜身上衣正单，心忧炭贱愿天寒。
夜来城外一尺雪，晓驾炭车辗冰辙③。
牛困④人饥日已高，市南门外泥中歇。
翩翩两骑来是谁？黄衣使者白衫儿⑤。
手把文书口称敕⑥，回车叱牛⑦牵向北。
一车炭，千余斤，宫使驱将惜不得。
半匹红绡一丈绫，系向牛头充炭直⑧。

【注释】

①南山：即终南山，在今陕西西安南五十里处。
②何所营：做什么用。
③辙：车轮滚过地面辗出的痕迹。
④困：困倦，疲乏。
⑤黄衣使者白衫儿：黄衣使者，指皇宫内的太监。白衫儿，指太监手下的爪牙。
⑥敕（chì）：皇帝的命令或诏书。
⑦叱牛：吆喝牛。
⑧直：同“值”，价值。

白居易（772～846年），字乐天，号醉吟先生，晚年又号香山居士，河南新郑（今郑州新郑）人，唐代伟大的现实主义诗人，曾官至翰林学士、左赞善大夫等职。他是唐代“新乐府”运动的倡导者之一，其创作的诗歌题材广泛，语言平易通俗。有《白氏长庆集》传世，代表诗作有《长恨歌》《卖炭翁》《琵琶行》等。

赏析

这是白居易所写的五十首《新乐府》组诗中的一首。诗歌通过对卖炭老翁之遭遇的描绘，揭露了宫廷统治阶级掠夺人民的罪恶和人民生活的艰辛，表达了作者对劳动人民的深切同情。

诗歌开头四句描写了一个老人孤独地在终南山上伐薪烧炭的场面，通过对其烧炭工序、劳动地点、周围环境及其肖像的描写，展现出卖炭翁生活的不易和烧炭劳动的艰辛。

接下来的四句中，诗人介绍了卖炭翁的家庭条件和生活现状。从“卖炭得钱何所营？身上衣裳口中食”一句可以看出，卖炭翁对生活并没有过高的要求，他整日辛劳只是为了有吃有穿，然而这样一个简单的愿望也难以实现。迫于生计，卖炭翁宁愿忍受饥寒，还希望天气更冷一些，因为这样，他才能多卖得一些炭钱。这一矛盾心情，更加突显现实的残酷。

“夜来城外一尺雪，晓驾炭车辗冰辙”直至诗的末尾写寒冷的天气终于来了，卖炭翁冒着严寒，怀着期待的心情大清早就赶车去市场做生意，历尽艰辛才到达目的地。可没想到，他遇到从皇宫出来采办货物的官员，他们装模作样，说是奉皇帝的命令出来采办，只付了很少的钱就要求卖炭翁出售所有的炭，而且不由分说地牵着满满一车炭就往皇宫方向走去，这实际上相当于公开抢劫。就这样，在宫廷官吏的抢夺下，卖炭翁伐薪烧炭、冒着严寒赶车卖炭的艰辛劳动付诸东流，他想通过卖炭来满足生活需求的期待也成为泡影，他的境遇更加艰辛了。

通过对这些生活情景的描写，诗人将统治者掠夺的罪恶和劳动人民的疾苦淋漓尽致地表现了出来，主题深刻，引人深思。

知识链接

唐朝的宫市制度

在这首《卖炭翁》诗题下，作者白居易还题有“苦宫市也”的小序，那么这所谓的“宫市”究竟是什么呢?

宫市是唐德宗贞元年间实行的一种买卖制度，即宫里的宦官直接到市场上采购宫中用品。在此之前的历代朝廷，宫廷里需要的日用品通常是由官府承办，这有点像是我们今天的行政采购中心购买政府办公用品，购买官员在采购时，一般都会采取自由交易的原则，按照既有的市场价格购买商品。

到唐德宗贞元末年（805年），朝廷改变原来的采购制度，改由宫中的宦官直接到市场上购买宫中所需物品。宦官们借助宫中的权势，遍布在各大热闹的街道和市场中，他们并不携带任何文书和凭证，嘴上说是奉皇命购买，然后随便给一点钱或仅回报少量物品，有时甚至不付钱就要求商人将物品送到宫廷里，有时一些宦官还会反过来勒索“门户钱”和“脚价钱”。表面上是在做交易，实际上则相当于掠夺。这一制度使商人和农民深受其害。

这种宫市制度一直延续到唐宪宗时期才得以结束。

王之涣《登鹳雀楼》

在唐代，山西永济西边的一个山坡上矗立着一栋三层的高楼，因为传说曾经有一只鹳（guàn）雀栖于其上，世人便将此楼命名为“鹳雀楼”。登上鹳雀楼，视野会格外开阔，因而这里就成了当时的登临胜地，无数文人名士登楼望远，即兴赋诗，而王之涣的《登鹳雀楼》则是这些题咏诗中最著名的一首。

尽管已然淹没在岁月的洪流之中，可凭借着王之涣的这首《登鹳雀楼》，鹳雀楼仍存留在人们的记忆和想象之中。

登鹳雀楼①

王之涣

白日依山尽②，黄河入海流。
欲③穷④千里目⑤，更上一层楼。

【注释】

①鹳雀楼：旧址在山西永济，位于黄河边上。

②依山尽：傍着山峦沉落。

③欲：想要。

④穷：尽，使达到极点。

⑤千里目：眼界宽阔。

王之涣（688～742年），字季凌，祖籍为晋阳（今山西太原），盛唐时期著名诗人。他为人有雄才大略，豪放不羁，擅长写诗作文，犹善五言诗，以描写边塞风光为胜。他的诗歌多被当时乐工制曲传唱，但现今只有六首保存下来，其中以《登鹳雀楼》和《凉州词》最为有名。

赏析

这是诗人王之涣在一次游览鹳雀楼时写下的五言绝句，作品描写诗人在登高望远过程中的所见所感，传达出其昂扬向上的精神和超凡脱俗的胸襟。

诗歌开头的“白日依山尽，黄河入海流”是对偶句，句子流畅且对仗自然，形象地描绘出诗人登楼远望时所看到的景色：此时已将近傍晚，远处，太阳正慢慢地向西边斜，逐渐傍着山峦沉落；近处，滔滔黄河水向着大海的方向奔涌而去。显然这里的观察视角是由地面到天边，由近到远，由此，诗人将在鹳雀楼上的所见形象而有条理地表现了出来，使画面显得辽远而宽广。在描写出静态的景物的同时，诗人也勾勒出一幅动态的画面，如西沉的太阳、奔腾的黄河水，等等，都显示出无限的生机和动态活泼的美感，令诗歌别具一番韵味。诗歌的后两句紧承前文，由诗人登临鹳雀楼上的所见拓展开来，抒写其登楼时的心境和所思所感，同时也寄寓着深刻的哲学道理。

“欲穷千里目，更上一层楼”，表面上说的是想要看到更远更美的景色，就应该登上更高一层的楼，实际上，这句诗还蕴涵着更为深刻的哲理——这里所说的“千里”和“一层”其实都是虚数，代表着诗人想象中更为长远的时间和更为广阔的空间，“欲穷”和“更上”则显示了诗人的希望和憧憬，因而整句诗道出站得高才看得远的哲理。

整首诗将写景与说理、记游与抒情很好地结合起来，使读者并不觉得它在说理，而理自在其中，读来韵味无穷。

知识链接

绝　句

绝句也称为断句、短句等，它起源于两汉，成形于魏晋南北朝，兴盛于唐朝。唐宋时期是我国诗词的繁盛时期，也是绝句创作的黄金时代，为后世留下无数脍炙人口的绝句作品。

绝句多由四句组成，有严格的格律要求，按照诗歌格律，绝句分为古绝和律绝。古绝最迟产生于南朝之前，因为在徐陵主编的《玉台新咏》中就已经有“古绝句”之名称。这类绝句虽也讲究格律和押韵，但平仄（zè）相对较为自由，甚至很多时候不受格律的束缚。

律绝是律诗兴起以后才有的，其产生的时间比古绝晚，对于格律、押韵等都有着严格的要求。按照每句诗歌的字数来分，绝句可以分为五言绝句、六言绝句和七言绝句，其中以五言、七言绝句居多，六言绝句很少。律绝自产生之后，一直都很盛行，成为绝句中的主流，但古绝句仍然被沿用发展了下来，在至今留传的古绝中，以五言居多，七言较少。

刘禹锡《西塞山怀古》

西塞山位于今湖北黄石城区东部长江南岸，地势险要，是古时有名的军事要地。三国时期，西塞山为东吴军队的领地，他们曾在此布下严密的防守阵势，以为占据这易守难攻的要地，就能够一劳永逸，守卫国家，谁知最终还是难以逃脱亡国的命运。

唐穆宗长庆四年（824年）的秋天，刘禹锡调任和州（今安徽和县）刺史，在乘船沿长江赴任途中路过西塞山，想起三国时期的往事，并忆古思今，想到唐朝当时藩镇割据、国家动乱的现状，不禁感慨万千，于是写下这首诗歌。

西塞山[①]怀古

刘禹锡

王濬[②]楼船下益州，金陵[③]王气黯然收。
千寻铁锁沉江底[④]，一片降幡出石头[⑤]。

人世几回伤往事，山形依旧枕寒流。
今逢四海为家[6]日，故垒萧萧芦荻秋。

【注释】

①西塞山：今湖北黄石，位于长江边。

②王濬（jùn）：晋益州刺史。

③金陵：今江苏南京，当时为吴国的都城。

④千寻铁锁沉江底：当时东吴皇帝孙皓命人用大铁索横于江面，拦截晋船，可最终还是失败了。寻，长度单位，八尺为一寻。

⑤石头：指石头城，是当时孙吴的城池，吴主孙皓最终在此投降。

⑥四海为家：形容国家统一。

刘禹锡（772～842年），字梦得，祖籍洛阳，唐代中晚期著名诗人，有“诗豪”之称，因曾任太子宾客，故世人又称刘宾客。他曾官至监察御史等职，崇尚儒学，政治上主张革新，后因永贞革新失败被贬。其诗风简洁明快，风情俊爽，今存诗十二卷，代表作为《乌衣巷》、《西塞山怀古》等。

赏析

这是一首咏史怀古、借史明志的诗歌，诗人追古抚今，在追怀历史的基础上发出深沉感慨。

诗歌的前四句以凝练而紧凑的笔调描写西晋东下灭吴的历史事件，意思是说晋代王濬乘楼船自成都东下，金陵地方的王气黯然消失；横锁江面的长铁索沉到长江水底，东吴投降的旗帜从石头城上竖起。诗歌的首句起笔不凡，从益州到金陵，相距甚远，可诗中仅以十几个字就将晋军的气势及双方的实力对比形象地传达出来，尤其是句子中的“下”和“收”二字，更突显西晋水军的迅猛和逼人的气势。紧接着，诗人描写了东吴方面的情况：本来自以为占据着军事要地便能长久不败，谁知长期以来苦心经营的工事还是被晋军毁灭，最后只能举旗投降，落得一败涂地。诗句虚实相生、情景交融，通过阅读，我们仿佛能看到西晋军队在军事战斗中的强大气势和东吴军队惨痛落败的景象。

诗歌的后四句由历史事件的叙述转向眼前所见西塞山的景象和内心的情感体验，诗句的字面意思为：人间总有几回兴亡的伤心往事，高山依旧枕着寒流没有变化；从此四海为一家过着太平日子，故垒萧条长满芦荻秋风飒飒。“人生几回伤往事”一句以高度概括性的语言总结历史，并引申出自己的情感。虽然几度经历朝代兴衰，可是西塞山依然耸立在长江边上，这就将对西塞山的描写放进一个广阔的历史背景中，极大地开拓了诗的境界。接着在最后一句中，诗人直接点明，如今天下统一，四海为一家，像六朝那样国家分裂的局面已经不复存在了。

在诗人看来，国家的统一是历史的必然，可唐王朝存在的藩镇割据有违于这一历史趋势，由此表明诗人对于唐王朝现状的不安。

知识链接

西晋灭东吴的历史

265年，司马炎取代曹魏政权建立西晋，世称晋武帝。在西晋建立前，曹魏已灭蜀汉，所以此时西晋相当于占据了原本的蜀、魏之地，只有吴国仍然据有今长江中、下游及岭南等地区。因此，西晋和吴国之间战火不断。从晋朝泰始五年（269年）起，晋武帝就筹划剿灭吴国，他一面改革内政，发展农业生产；一面积极训练军队，尤其是水军，增强军事力量。正当西晋日益强大之时，吴国的国君孙皓却仍在纵情享乐，吴国渐渐衰败。同时，吴国又因占据着长江天险、自认其水军强大而疏于防备。

见时机已经成熟，晋武帝在咸宁五年（279年）十一月发起对东吴的战争。当时，晋武帝发兵二十余万，兵分六路攻打吴国。当晋军到达西陵峡的时候，吴军凭借着长江天险，在这里设置铁锁横江，又做铁锥暗置江中，竟不派兵防守，自以为这样就能阻止晋军前进。谁知晋军顺利地排除障碍，直捣吴国城市。与此同时，晋军的另外几路兵马也连连告捷。在晋军强大的攻势下，东吴灭亡。晋灭吴后，东汉末年以来分裂数十年的中国复归统一。

刘禹锡《乌衣巷》

乌衣巷是金陵城（今南京）的一条街，三国时孙吴曾在此地设兵营，军士皆穿黑衣，所以人们将这条巷子称为“乌衣巷”。到东晋时期，这里成为朝廷贵族的住宅区，就连当时位高权重的宰相王导和谢安都曾经在这里居住。之后随着时代的变迁，这里又由繁华逐渐变得衰败。

后来，唐朝诗人刘禹锡游览乌衣巷，看到此处衰落萧条的景色，遥想着以前的繁华，不免触景生情，他看到唐王朝的今昔对比，感叹之余写下这首诗歌。

乌衣巷①

刘禹锡

朱雀桥②边野草花，乌衣巷口夕阳斜③。

旧时王谢④堂前燕，飞入寻常百姓家。

【注释】

①乌衣巷：在南京秦淮河南岸，东晋时为贵族聚居地。

②朱雀桥：在南京城外，乌衣巷就在此桥边。

③斜（xiá）：形容夕阳西下的情景。

④王谢：指王导和谢安，晋朝时的宰相，很有名望，当时曾居住在乌衣巷。

赏析

这是一首借史抒怀、以史鉴今的诗歌。诗人浏览乌衣巷时触景生情，想起唐王朝的命运，有感而发。

诗歌的前两句主要描写诗人所看到的景象：在乌衣巷的朱雀桥边，野草长得十分茂密，野花恣意怒放，此时已经临近傍晚，乌衣巷口可以看到夕阳渐渐西下。表面上看，这是对乌衣巷及其周围环境的描写，实际上，诗人在此所选择的景物都是具有象征意义的，野草闲花和夕阳西下在此已经不是简单的景色呈现，它们渲染着乌衣巷如今没落衰败的气氛。而且在这一历史古迹面前，看着这样衰颓的景象，人们自然会将乌衣巷的现状与其历史上的繁华景象进行对比，引发联想。

诗歌的三四句在前两句的基础上更进一步，表明在东晋时期王侯贵族居住的乌衣巷，如今已经建起普通老百姓的住宅，燕子仍旧飞来飞去，在此做巢，但房屋的主人已经更换。在这里，诗人并不直接点明历史的更替和房屋易主的现象，而是以夕阳西下时燕子归巢的景象含蓄地写出沧海桑田的历史变迁，寓意隽永，韵味无穷。值得一提的是，诗人眼前所见的燕子，未必就是东晋时期的遗物，诗人这样写主要是为了说明历史更迭的迅速和晋王朝的短暂，寄寓了深刻的内涵。不仅如此，诗人还由此延展开来，想到唐王朝的今昔对比，并联想到唐王朝与东晋的相似之处，因此他写的这首诗，可以说是为唐代统治者敲响的警钟。

知识链接

乌衣巷的历史

乌衣巷位于南京秦淮河南岸，历史非常悠久，相传其名源于三国时期。三国时期，吴国派兵戍守南京石头城，在这里建有营房。因为当时吴国的兵士们都身穿黑衣，驻地部队的营房称为乌衣营，营房所在的巷子就被称为“乌衣巷”。

280年，西晋消灭吴国，占领了吴国的所有属地，自然也包括南京乌衣巷。而在317年，司马邺被俘，西晋灭亡，司马睿被推戴为皇帝，成为东晋的开国皇帝，即位之后将都城定在建康，即南京。当时司马睿之所以能登上皇位，主要得力于王导等人的谋划和效力，建国后王导便被封为宰相，王导则将自己的宅邸建在南京乌衣巷。后来王导逝世，谢安辅政。谢安也是当时权倾朝野的人物，很有政治才华，由于他的辅佐，东晋得以中兴，国运昌隆，而他的宅邸也位于乌衣巷。因为有王导、谢安等名门望族居住，乌衣巷也就成为东晋时期南京城最热闹的地方，而且这种繁华一直延续到六朝时期。直到588年，隋灭陈，隋文帝下令将修筑于建康的旧朝宫殿全部摧毁，因而六朝时期繁华的建筑皆被毁坏，乌衣巷也就此衰败了。

杜牧《过华清宫（其一）》

华清宫在长安东二十五公里临潼县城南骊山下，唐贞观十八年（644年）太宗皇帝诏令在此造殿，赐名汤泉宫。后来，唐玄宗于开元十一年（723年）将其修建为行宫，玄宗天宝六年（747年）改名华清宫，唐玄宗和杨贵妃经常在这里寻欢作乐。

安史之乱后，华清宫遭到破坏。多年过后，杜牧经过这里时，华清宫早已冷落残败。目睹眼前所见，诗人不禁感慨万千，写下这首七绝。

过华清宫[1]（其一）

杜牧

长安回望绣成堆[2]，山顶千门次第[3]开。
一骑[4]红尘妃子[5]笑，无人知是荔枝来。

【注释】

①华清宫：在今陕西临潼的骊山，曾是唐明皇与杨贵妃的游乐之地。

②绣成堆：指花草林木和建筑物像一堆堆锦绣。

③次第：按顺序。

④一骑（jì）：指（一人骑着）一匹马。

⑤妃子：指贵妃杨玉环。

杜牧（803～约852年），字牧之，号樊川居士，因其晚年居住于长安南樊川别墅，故后也称杜樊川，京兆万年（今陕西西安）人，唐代著名诗人。其写诗作文颇有才华，后人为区别于杜甫，常称其为“小杜”，并将其与李商隐并称“小李杜”，今有《樊川文集》传世，代表作为《过华清宫》、《赤壁》等。

赏析

这首咏史诗是诗人在前往长安途中路过华清宫，有感于唐玄宗与杨贵妃只顾享乐、荒淫误国而做。全诗选取唐玄宗为讨好杨贵妃而下令“飞骑送荔枝”的历史事件，形象地揭露了统治者骄奢淫逸的生活，从侧面反映出人民生活的疾苦，同时希望以史鉴今，鞭策和警示当代的统治者。

诗歌的首句选用从长安“回望”的角度来描写华清宫所在地骊山的景色，展现出一幅广阔而深远的图景：骊山上树木众多，花草繁茂，宫殿楼阁金碧辉煌，像是一团团锦绣，美丽而气派。看到这样的景色，联想到骊山的主人及其留下的历史教训，不禁引发诗人一种思考历史、反省历史的感触，这就为下文做好了铺垫。

在后面的几句诗歌中，诗人采用慢镜头推进的方式，展现出山顶上那座雄伟壮观的行宫的情景：先是平日紧闭的宫门忽然一道道慢慢打开，然后一名专使骑着一匹千里马疾奔而来，身后扬起一团团红尘；之后，宫内的妃子嫣然而笑。这样的几组画面，看起来好像并没有直接的关联，尤其是“一骑红尘妃子笑”一句更是如此。一般人看到专使千里骑快马的情景可能都会认为是朝廷在传送紧急公文，怎么会引得妃子发笑呢？这样的悬念直到诗歌的最后一句才揭晓，原来这样紧张的场面是唐玄宗为了讨得杨贵妃的欢心而下令“飞骑送荔枝”引发的啊！通过“无人知是荔枝来”这一点题之笔，前面那几组画面就自然地连接了起来。

与此同时，统治者为满足自己骄奢淫逸的生活而不惜劳民伤财的本质也被揭示出来，深化了诗歌主题。整首诗歌含蓄蕴藉，虽不直接点明玄宗的荒淫好色和杨贵妃的恃宠而骄，但意境全出，很有艺术感染力。

知识链接

飞骑送荔枝

唐玄宗晚年的时候，贪图享乐，经常不理朝政，朝政大权落入一些奸臣的手中，唐朝逐渐由盛而衰。

杨贵妃是唐玄宗最宠爱的妃子，只要是她喜欢的和想要的，唐玄宗总会想尽办法满足。有一年杨贵妃过生日，唐玄宗带着她到华清宫游玩。吃腻了宫中山珍海味的杨贵妃此时突然想吃荔枝，而荔枝主要产于距长安城几千里远的岭南（即今广东一带），北方是没有荔枝的。这么远的距离，如果用马车运送通常要几天，当荔枝运到的时候往往就不新鲜了。

为了博得杨贵妃的欢心，唐玄宗下令地方传递公文的驿站，选拔最优秀的骑手，准备最精良马匹，一站一站接力把荔枝送到长安。为了能让杨贵妃吃到新鲜的荔枝，真不知浪费了多少钱财，累坏多少人，跑死多少马匹。

杜牧因这个故事感慨万千，写下《过华清宫》。

杜牧《赤壁》

赤壁位于今天湖北武昌境内，是有名的古战场。东汉末年，孙权、刘备联军曾在这里利用火攻的战略大败曹操的军队，削弱了曹操的军事实力，由此奠定三国鼎立的局面，改变了历史格局，史称“赤壁之战”。

唐代诗人杜牧因事路过赤壁时，回想起历史上那场有名的战役，联想到当时的英雄人物周瑜及其丰功伟绩，再看自己怀才不遇的现实际遇，便有感而发，写下这首诗歌。

赤　壁

杜牧

折戟①沉沙铁未销②，自将③磨洗认前朝。
东风不与周郎④便，铜雀⑤春深锁二乔。

【注释】

①折戟（jǐ）：折断的戟。戟，古代的一种兵器。

②销：销蚀。

③将：拿起。

④周郎：指周瑜，三国时年少有为的英雄人物，后任吴军大都督。

⑤铜雀：即铜雀台，东汉时期曹操修建的一座楼台，是其行乐的地方。

赏析

这首诗表达了诗人对赤壁之战的独特看法，同时也抒发其对国家兴亡的感慨。

诗歌的首句写诗人在赤壁这一古战场中捡到一支已经沉没于水底泥沙中的断

戟，经过磨洗和辨认，发现这是当年赤壁之战的遗物。诗的开篇从一支不起眼的折戟写起，因它与古战场的联系，自然而然地引出对历史上那场著名的战争——赤壁之战——的回忆，衔接自然，让人也情不自禁地回想起当年赤壁之战的情形。想当年，孙权和刘备联军就是在赤壁这一战场上以“火烧赤壁”的方式打败曹军，从而改变了历史形势。诗歌的第三句笔锋一转，将描写的对象定格在这次战役的头号风云人物周瑜的身上，并发表自己对战争形势的独特看法。诗人认为，周瑜之所以能取得最终的胜利，除了自身的才华之外，更有机遇的原因。假如没有那场及时的东风，结局恐怕就是曹操取胜，吴国兵败，甚至连二乔都要被俘而关进铜雀台了。在此，诗人并没有正面评论这次战争胜败的原因，而是由反面进行论证，耐人寻味。

实际上，诗人写这首诗并非仅是为了咏史论史，更主要的是以史喻今，抒发情感。在诗人看来，周瑜这样的英雄人物之所以能成就丰功伟绩、留名千古，机遇的因素是很重要的，而如今自己生不逢时，纵有政治才能却不能施展。诗人借由这样的对比表达了自己心中抑郁不平和渴望得到重用、有所作为的情感。

知识链接

二乔的故事

二乔是三国时期乔公的两个女儿，她们不仅面容姣丽，而且知书达理，极富才华，是历史上有名的才貌双全的女子。后来，大乔嫁给吴侯孙策，小乔嫁给了周瑜。

大乔和小乔是大家闺秀，每天在闺中学习琴棋书画、女工刺绣等，只偶尔外出。因为二人长得国色天香，路人见了都赞不绝口。后来二乔的名声渐渐传开，全国各地的名门公子都想登门一睹芳容。

孙策和周瑜都是当时有名的英雄，孙策勇猛过人，周瑜容貌俊秀、才华横溢。东汉建安四年，孙策从袁术那里得到三千兵马，便一心想着回江东恢复祖业，后来，他在周瑜的协助下，一举攻克皖城。此时乔公和他的两位女儿正住在皖城东郊，孙策久仰二乔的美名，便慕名前来求亲，周瑜陪同他一道前来。在到达乔公府邸时，孙策和周瑜对二乔一见倾心，便有了分别将二乔娶回家中的打算。孙策说："公瑾，你我自小一起长大，情同手足。我比你大几天，干脆这样，我娶大乔，你娶小乔。"周瑜欣然同意。乔公对二人也是十分赏识，便把大乔嫁给了孙策，把小乔嫁给了周瑜。

韦庄《台城》

台城为东晋和南朝时期皇宫的所在地，是当时的政治中心和帝王享乐的地方。后来随着南朝的灭亡，这里逐渐变得萧条颓败，到了中晚唐的时候，这里已是杂草丛生，昔日繁华的景象全无踪影。

诗人韦庄因事来到台城时，触景生情，由台城的遗迹想起六朝时期的历史，叹息古今对比，感慨颇深，于是写下这首诗歌。

台　城①

韦庄

江雨霏霏②江草齐，六朝③如梦鸟空④啼。
无情最是台城柳，依旧烟笼十里堤。

【注释】

①台城：旧址在今南京市玄武湖旁，原为东晋、南朝时的台省和宫殿所在地。
②霏霏：细雨纷纷的样子。
③六朝：建都在金陵的东吴、东晋、宋、齐、梁、陈，合称六朝。
④空：白白地，徒劳地。

韦庄（836～910年），字端己，谥文靖，长安杜陵（今陕西西安）人，曾任校书郎、左补阙等职，在前蜀时期还曾官至宰相。他在诗词方面颇有才华，写的诗歌极富画意，并尤其擅长写词，是唐朝花间派的代表词人，词风清丽，有《浣花词》传世。

赏析

这是一首感古怀今的诗歌，诗人寓情于景，借景抒情，通过台城这一六朝遗迹景象的今昔对比，抒发人世沧桑、繁华难在的感慨，表达诗人对国家命运的关切和担忧。

诗歌的首句“江雨霏霏江草齐”并不直接描写台城的景物，而着意于渲染氛围，让人深切地感受到江南春天如梦似幻的美景：江南的春雨，细而绵密，雨丝纷纷落下，周围的一切仿佛都笼罩在烟雾之中，在春雨的滋润下，江边绿草如茵。如此景色很容易引人遐思、勾起人们迷惘惆怅的情绪，这就为下文的抒情做好了铺垫。

紧接着在第二句中，诗人以跳跃性的笔调写到了台城的景色，如今这里依旧鸟啼草绿，春色常在，而曾经居住于此的六朝统治者已经不见了踪影，昔日繁华的台城现在却是一派萧条的景色，成为供人凭吊的历史遗迹。在这里，诗人通过台城的今昔对比，加深了对“六朝如梦”、人世沧桑的感慨，耐人寻味。

在三四句中，诗人集中笔墨，重点描写台城中那从古至今一直生长于此的杨柳，以抒发今昔对比的感慨。杨柳是自然生长于此的，不管人事兴衰与朝代更迭，它依然在十里长堤边随风飘曳，给人以欣欣向荣的感觉，就像它们在六朝时一样。实际上，诗人在这里不仅以杨柳作为六朝盛衰的历史见证，更重要的还是通过自然景物和人事的对比来抒发今衰昔盛的感伤与怅惘。

整首诗在如梦似幻的景物描写中流露出淡淡的感伤情绪，台城的今昔对比又何尝不是唐王朝的今昔对比呢？想着六朝的亡国和台城衰败，诗人难免为唐王朝今后的命运担忧，由此也寄托了内心的忧国之思。

知识链接

台城简介

台城位于今南京玄武湖旁边，原本是三国时代吴国的后苑城，后经过改建，成为东晋和六朝时期的宫城，是当时皇帝居住和办公的地方，也是全国的政治中心。在东晋时期，台城的规模很大，仅宫内大小殿宇就有三千五百多间；到了南朝时期，台城被进一步扩建，宫殿中亭台楼阁更多，且更富丽堂皇。

六朝时最后居住于台城的皇帝是陈后主。陈后主是一个昏庸的皇帝，他在位时生活奢侈，大建宫室，相传他营造了结绮、临春、望仙三座高达数十丈的楼阁，整日在此寻欢作乐，不理朝政。他时常自谱新曲艳词，让舞女载歌载舞。一次，他正欣赏着自己谱写的《玉树后庭花》，没承想，歌舞还未结束，隋朝的军队就已逼近都城，他就这样被俘虏，成了亡国奴。

在六朝灭亡之后，台城屡次再建又屡遭破坏，其中最为严重的破坏有这样几次：一次是在南北朝侯景之乱时，台城毁于战火；一次是在隋灭陈时，当时隋文帝下令将建康“城廪宫阙荡平耕垦”，台城也因此被毁；到五代十国时期，杨吴先后三次筑金陵府城，台城被彻底毁除。

咏物抒情诗

骆宾王《在狱咏蝉》

骆宾王是初唐时期杰出的诗人，他七岁能文，后被朝廷任用，走上仕途。唐高宗仪凤三年（678年），骆宾王担任侍御史一职。武则天时期，因为数次上疏皇帝，议论政事，触忤了武则天，于是被诬以贪赃的罪名下狱。

在狱中，心境愁苦的诗人听到蝉的鸣叫，联想到自身际遇，便以蝉自喻，写下了这首诗。

在狱咏蝉

骆宾王

西陆①蝉声唱，南冠②客思侵。
不堪玄鬓③影，来对白头吟④。
露重飞难进，风多响易沉。
无人信高洁⑤，谁为表予心？

【注释】

①西陆：指秋天。
②南冠（guān）：楚冠，这里指代囚犯。
③玄鬓：指蝉的黑色翅膀。因为古代妇女的鬓发梳得薄如蝉翼，故有此说。
④白头吟：乐府曲名，诗句较为哀怨。
⑤高洁：高尚廉洁。

骆宾王（约627～684年），字观光，婺州义乌人（今浙江义乌）人，唐朝初期著名的诗人，与王勃、杨炯、卢照邻合称“初唐四杰”，擅长七言歌行。他曾任武功、长安主簿等职，后因徐敬业起兵讨武之事而被牵连，被迫逃亡，不知所踪。他在诗文方面的代表作有《帝京篇》、《鹅》等，至今有《骆宾王集》、《骆临海集笔注》等传世。

赏析

《在狱咏蝉》是诗人在狱中所写的咏物抒怀诗，抒发了诗人受到压制和被冤枉的悲愤情绪，语意悲痛深沉。

诗歌的首联运用比兴手法，以对偶起笔，写深秋时节，正当诗人身处牢狱之中，突然听到了蝉的鸣叫声，不禁感慨万千，由此引出下文。颔联紧承上文，点明在这样的情境中，自己实在难以忍受秋蝉扇动乌黑的双翅对着自己不停地吟唱。在这两联中，诗人寄寓了这样内涵：炎热的盛夏已经过去，蝉的生命在深秋时节即将走向尽头，所以叫声异常凄切。而此时身在监狱的自己命运同样悲凉，想着如今自己身为阶下囚，志向可能再也无法实现，甚至可能因此走向人生的末路，诗人不禁悲从中来。正因为境遇相似，蝉的鸣叫才引发诗人如此强烈的情感，以至于他觉得难以忍受，再也不想听到蝉鸣了。这两句诗流露出诗人被诬陷下狱时内心的不平和悲怆情感。颔联表面上写的是蝉，实际上是诗人以蝉喻己，是情感表达的进一步深化。

“露重飞难进，风多响易沉”的意思是说由于清晨的露水太重，蝉虽然双翅轻盈，却难以振翅向高处飞翔；因为风声很大，蝉即使是在高亢地吟唱，也很容易被风声淹没。这里表面上写的是蝉的生存环境，实际上则是喻指诗人自己的处境，身在监牢中的他纵然才华横溢，渴望施展才华，却是有心无力。同时，这句诗极言诗人处境的艰难，也委婉曲折地表达出哀怨之情。诗歌的尾联直抒胸臆，明确表达希望得到援救、昭雪冤情，点明主旨。

整首诗歌借物咏志，取喻巧妙，很有感染力，算得上是咏物抒怀的代表作。

知识链接

骆宾王的故事

骆宾王出身书香世家，从小聪明勤奋，在十岁左右便享有“江南神童”的美誉。后来他离开家乡进京赶考，几年之后终于如愿，入朝做了官。在经历将近十年宦海沉浮和两次罢官之后，他选择从军入伍，开始了戍守边疆的军旅生涯。在军中，他担任着幕府书记之类的职务，主要负责文字工作，虽然在此期间他并没能实现立功边疆的理想，但军旅生活的亲身体验，也使他获得了极其丰富的创作素材。

后来由于任期届满，他结束了这段难得的军旅生涯，回到长安，被授予武功县主簿这样一个小官。因为在仕途上很不顺利，骆宾王就将志趣集中在诗歌创作上面，写下不少杰出的诗篇，并因此美名远扬。当时朝廷的大官裴行俭就是因为欣赏骆宾王的文学才华而对其倍加赏识，还因此提拔他为明堂县主簿。骆宾王在任职期间，秉公执法，恪尽职守，也因此得罪了不少朝廷权贵政要，加上他对于武则天的一些统治政策不满，几次上疏进言，因而触怒武则天，最后以“坐赃”（即贪污）的罪名被捕入狱。

陈子昂《登幽州台歌》

武则天万岁通天元年（696年），契丹反叛，攻陷营州。武则天委派武攸宜率军讨伐，陈子昂作为其参谋，随同出征。武攸宜并没有什么军事才干，不懂谋略，使得军队陷没。见此情景，陈子昂马上献策，却未被采纳。几天之后，陈子昂再次进言，结果触怒武攸宜，被贬为军曹。陈子昂怀着郁闷而悲愤的心情，登上幽州台，有感而发，写下这首传颂千古的《登幽州台歌》。

登幽州台①歌

陈子昂

前不见古人，后不见来者。
念天地之悠悠②，独怆然③而涕④下！

【注释】

①幽州台：又名蓟北楼，也称燕台，史传是燕昭王为招揽人才而建，故址在今北京大兴。

②悠悠：邈远的样子，在此用于形容时间久远和空间广大。

③怆然：悲伤的样子。

④涕：古时指眼泪。

陈子昂（约661～702年），字伯玉，因曾任右拾遗，后世也称为陈拾遗，梓州射洪（今属四川）人，初唐时期的文学家，当时诗文革新的代表人物之一。他曾担任过麟台正字、右拾遗等职位，敢于直言进谏，后被武三思陷害，冤死狱中。其至今存诗一百多首，代表作为《感遇》诗三十八首和《登幽州台歌》等。

赏析

这首短诗仅二十二字，却极具艺术感染力，全诗通过描写诗人登楼远眺，吊古思今所引发的无限感慨，抒发了诗人内心怀才不遇的抑郁和悲愤。

整首诗歌并没有描写幽州台及其周围的景物，全部是诗人登台的感慨，只短短四句诗，却以清新自然的语言勾勒出一幅境界雄浑、空间阔大的艺术画面，表现了诗人内心深沉而凄切的感慨。诗歌的前三句以极具气势的语言抒发情感，并以宽广浩茫的宇宙天地和沧桑易变的古今人事作为背景来衬托，显示出雄浑的意境，诗的最后一句以饱含感情的笔墨点明主题，仿佛能使人看到主人公慷慨悲壮的自我形象。

诗歌的前两句意思是说，见不到往昔招贤的英王，看不到后世求才的明君。相传幽州台是春秋战国时期燕昭王派人筑造的，他曾经于台上放置千万两金想要招揽人才，为国所用，后来众多名士，如乐毅、苏秦兄弟等纷纷前来，以其才华帮助燕国建功立业，使远离中原的燕国迎来复兴和壮大的机会，黄金台也因而成为天下美谈。陈子昂对于这段历史是非常推崇的，但因为他在当时得不到朝廷的重用，感觉自己的政治理想很难实现，所以发出了像燕昭王那样前代的贤君既不复可见，后来的贤明之主也来不及见到的感慨，以表达自己生不逢时的抑郁和悲愤之情。

诗歌三四句的意思是说，想到历史上的那些事无限邈远，诗人深感人生无奈，独自凭吊，眼泪纵横凄恻悲愁！诗人在此将描写的笔触转向现实，写出自己登楼眺望时引发的感想，抒发了自己孤单悲苦的心绪和怀才不遇的悲愤，与前文相互照映，情感真挚动人。

知识链接

陈子昂在政治上的孤独与悲愤

陈子昂出生于富贵家庭，少年时就博学而有正气、富于浪漫的豪侠性格。684年，他考中进士，从此走上仕途。在入仕之初，他踌躇满志，以为凭借自己的才华可以大展宏图，谁知却接连遭受了几次打击。

首先，他几次上疏指论时政，提出了一些颇有见识的主张，也因此得罪了不少朝廷权贵。当时的皇帝武则天虽然很看重他的文学才华，却并没有打算在政治上重用他，加上后来一些官员对陈子昂的诋毁，武则天就渐渐疏远了他。

其次，陈子昂还曾经因为受“逆党事件”牵连而被捕下狱。当时，陈子昂对朝廷忠心耿耿，可因为一些与他有怨恨的官员借机诬陷他为逆党成员，他也因此被捕。

贺知章《回乡偶书（其一）》

贺知章年轻时就以文词知名，被提拔到朝廷为官，其一生的仕途还算比较顺利。唐玄宗天宝三年（744年），当时正担任太子宾客的贺知章已经八十五岁，阔别家乡也已经有五十多个年头了，于是他向唐玄宗提出请求，希望能辞去官职，告老还乡。玄宗允许后，他便踏上了回家乡会稽永兴的归程。

回到家乡后，面对人事的变化，他不禁感慨万分，并以《回乡偶书》为名写了两首诗，以下便是其中的一首。

回乡偶书（其一）

贺知章

少小离家老大[①]回，乡音无改鬓毛[②]衰[③]。
儿童相见不相识[④]，笑问客从何处来。

【注释】

①老大：年老，年纪大了。

②鬓毛：脸旁靠近耳朵的头发。

③衰（cuī）：减少，疏落。

④识：认识，认出。

贺知章（659~744年），字季真，号四明狂客，越州会稽永兴（今浙江杭州）人，唐代文学家、书法家，曾任太常博士、礼部侍郎等职。他至今传世的诗歌作品有十九首，内容包括祭神乐章、应制诗、写景抒情诗等，诗文中尤以绝句见长，代表作如《咏柳》、《回乡偶书》等，清新隽永，颇有韵味。

赏析

这是诗人阔别家乡多年后，初次回乡时所写的作品，诗中通过对比的手法，含蓄地写出诗人告别客居生活、重返家乡的无限感慨和欣慰之情，情感真挚自然。

诗歌的前两句直接描写诗人在离开家乡多年后归来的情景，诗人一路劳顿，刚刚回到自己的家乡，看着眼前熟悉又陌生的环境，他不仅感慨，当年离开家乡的时候，自己正值青春年华，可如今归来，自己已是老年，头发斑白，老态龙钟。这两句诗通过“少小离家”和“老大回”所见情景的对比，间接地说明了诗人长期客居异地的事实，同时也暗含着一种对于时光飞逝、容颜易衰的感慨之情，奠定了诗歌的情感基调。

诗歌的后两句紧接着写了诗人回到家乡之后的遭遇，诗句的意思是，家乡中的孩童们看见刚刚回乡的自己，竟没有一个能认得出来，大家纷纷笑着询问这位客人是从哪里来的。诗人通过“儿童相见不相识，笑问客从何处来”这一颇有趣味的儿童问话的场景，侧面写出自己远离家乡多年，如今归来已是人世沧桑，乡亲都已经不认识自己的现状，感伤的情怀由此加深。而且，诗句中虽然只以淡淡的两句话写出刚回乡时儿童的礼貌询问，但实际上言有尽而意无穷，稍加联想，我们便能感受到此场景给诗人心灵带来的冲击，诗人反主为宾的感慨和老迈衰退的哀叹暗含其中。

知识链接

贺知章的故事

贺知章从小就立志报效朝廷，后来，他通过进士考试，于武则天证圣元年（695年）被授予国子四门博士，并先后任太常博士、工部侍郎、太子宾客等职。贺知章为人耿直，很有才华，但也深谙为官之道，所以他的仕途还算顺利。在唐玄宗天宝元年（742年）时，道士吴筠举荐李白入朝为官，并一同拜访了当时在朝中颇有声望的贺知章。贺知章读过李白的诗作之后，对其赞誉有加，也因此和李白成为好朋友。他和李白都很喜欢喝酒，是当时有名的“酒仙”。大诗人杜甫在其名作《饮中八仙歌》中是这样形容贺知章的：“知章骑马似乘船，眼花落井水底眠。”意思是说他喝醉以后骑在马上前俯后仰的，就像坐在船上一样。因为喝醉了，他有时会因为眼花而掉到井里，接着就索性在井底睡着，纵使井水冰凉，他也不会醒来。

在八十多岁的时候，贺知章得了一场大病，所幸死里逃生，此后他便禀奏皇上，请求回乡当道士。唐玄宗准许了，还特地下诏在京城东门设立帐幕，让百官为贺知章饯行，并亲自写诗为他送行。

王湾《次北固山下》

王湾是唐玄宗时期的诗人，他家住北方，却对江南的美景情有独钟，也因此经常离乡远游。在远游途中，他写了许多歌咏江南风光和祖国大好河山的作品。

一次，他乘船夜渡长江，来到北固山下时，看到天色破晓，江面上红日渐渐升起，大雁北飞，不由得想起自己的家乡，于是怀着思乡之情，写下了这首诗。

次[1]北固山下

王湾

客路[2]青山外，行舟绿水前。

潮平两岸阔[3]，风正一帆悬。

海日生残夜[4]，江春入旧年。

乡书[5]何处达，归雁洛阳边。

【注释】

①次：停宿在北固山下。北固山，在今江苏镇江北长江边。

②客路：旅途经过。

③两岸阔：两岸之间水面宽阔。

④残夜：深夜，后半夜。

⑤乡书：家书。

王湾（693～751年），字号不详，唐代诗人、文学家。史书中关于他的记载十分有限，只知道他是唐玄宗时的进士，曾经由荥阳主簿推荐编书，参与官府主持的《群书四部录》的编写工作，还因此被授予洛阳尉一职。他至今保留下来的诗歌有十首，其中最为出名的是《次北固山下》。

赏析

这首五言律诗写诗人乘船时在北固山下看到青山绿水、潮平岸阔等江南美景，触发心中的怀乡情思，情景交融，很有感染力。

诗歌的首联以对偶句起笔，叙述了诗人的行踪及其在途中所见到的景色。诗人在乘船沿着长江行进时，来到北固山下，看到傍晚时分远处的青山时隐时现，在夕阳映照下江水显得碧绿而明净。诗句既以简洁的笔墨勾勒出北固山周围的美景，同时更以“客路”、“行舟”等词点明诗人身处异乡、羁旅漂泊的现实，为下文的情感抒发做了铺垫。

颔联紧承前句，进一步渲染北固山周围的景色：此时潮水已经涨起来了，江面因此显得更加宽阔，江面上薄雾升腾，水天仿佛浑然一体，而在这样辽阔的自然背景下，只有诗人乘坐的一叶孤舟在长江上行驶。这样鲜明的对比，令诗人显得更加孤单和渺小，读者不难体会到诗人内心的孤寂和惆怅情感。

从诗歌的颈联可以看出，诗人是连夜行船的，路过此地时天已经快亮了，太阳渐渐升起，周围的黑暗中隐约透露出一些亮光。看到这样的景色，诗人不禁想到新年将至，因而更为思念家中的亲人，思乡之情愈发明显。

接着在诗歌的尾联，诗人联想到自己孤身在外，不能与亲人团聚的现状，心中不免有些悲伤。此时他正好看到天上远飞的大雁，于是想写一封家书，让大雁替自己捎回远在洛阳的家中。诗句直接点明全诗的主旨，使乡思愁绪溢于言表。

知识链接

北固山

北固山坐落在江苏省镇江市区北面长江边上，是镇江三山名胜之一，地势险要，南朝梁武帝赞其为“天下第一江山”。

北固山由前峰、中峰和后峰三部分组成。后峰为北固山的主峰，背临长江，山壁陡峭，是风景最美的地方，登上山顶，视野豁然开朗；从北固山的中峰登山而上，可以看到北固亭东的铁塔——卫公塔，此塔是北固山上有名的景点；沿着北峰登山而上，能达到北峰之巅的甘露寺，相传它建于东吴甘露年间，是三国时期刘备招亲的地方。据说这座寺庙在明清时期香火非常旺盛，寺内至今尚有大殿、老君殿、观音殿和江声阁等建筑，而且还保留着刘备、孙权同坐过的“狠石”和相传为孙、刘并肩赛马的“溜马涧”。甘露寺后面的多景楼为二层建筑，面临长江，是北固山的赏景佳地，历史上许多有名的文人，如欧阳修、苏轼、米芾（fú）、辛弃疾和陆游等都曾慕名而来，在此登楼远望、饮酒做诗，留下许多著名的诗作。

李白《月下独酌》

唐玄宗天宝元年（742年），李白受到道士吴筠（jūn）举荐入宫，因颇得唐玄宗的赏识被任命为翰林供奉一职。朝廷中的一些人嫉贤妒能，对李白大加排挤和诋毁；唐玄宗虽然很赏识李白的诗文才华，委以官职，却没有重用他的意思，只是让他每天侍宴陪酒，李白因此倍感苦闷。

一个月夜，李白在花间独自饮酒，触景生情，想起自身的际遇，感慨良多，于是写下这首诗。

月下独酌[①]（其一）

李白

花间一壶酒，独酌无相亲[②]。
举杯邀明月，对影成三人。
月既不解饮[③]，影徒随我身。
暂伴月将影，行乐须及春。
我歌月徘徊，我舞影零乱。
醒时同交欢[④]，醉后各分散。
永结无情游[⑤]，相期邈云汉[⑥]。

【注释】

①酌：饮酒。
②无相亲：没有亲近的人。
③不解饮：不会喝酒。
④交欢：结交朋友而相互欢悦。
⑤无情游：忘却世情的交游。
⑥云汉：银河。

赏析

这首诗是李白在政治理想难以实现、心情非常郁闷的境遇下所写的。作品通过描写诗人于月夜在花间喝酒的情景，抒写其内心的苦闷，但也展现出豁达、乐观的人生态度。

诗歌的开篇简单地介绍了诗人独自在月下喝酒的情景，句子意思是说，诗人独自在花间喝酒，自斟自酌无亲无友，想要一醉方休。独自喝酒的场面原本是很单调的，也很容易让人联想到孤独、冷清的氛围，可诗人在第三句笔锋一转，运用丰富的想象，将月亮和自己的影子凑成“三人”，人为地营造出一种热闹的气氛，由此也表现出诗人的豁达心胸和善于排遣寂寞的精神。

在接下来的几句诗中，诗人详细地描写自己在月下饮酒寻乐的情形，尽管是因为内心苦闷而独自喝酒，可诗人并没有因此沉沦颓废，反倒因所处的环境——“花间”——想到美好且充满希望的春天，由喝酒想到“歌”和“舞”，并认为天上的明月和自己的身影始终陪伴着自己，刻意渲染了一种热闹的气氛。

从表面上看，诗人采用这样轻松有趣的笔调是为了说明自己能自得其乐，但这实际上起了反衬的作用，更加反映出诗人现实处境的凄凉和内心的孤独。诗人已经孤独到饮酒时邀请明月和影子做伴的地步，可见他在现实生活中真的缺少志同道合的朋友，实在难以排遣心中的抑郁和愤懑。然而现实的残酷还不止于此，诗人在最后直抒胸臆，认为在今后的日子中，恐怕也很难找到一起喝酒的人，所以只能与月光和身影为伴，并约好在天上仙境再见，诗人内心的孤寂之情溢于言表。

知识链接

爱喝酒吟诗的李白

自古以来，中国的文人就与酒有着不解之缘，从西晋时期的“醉鬼”文人刘伶，到唐宋时期的李白、白居易、欧阳修等，众多文人不仅给后世留下了动人的诗篇，还演绎了不少与酒有关的故事。“诗仙”李白就是一个非常喜欢喝酒的文人，诗人杜甫曾经评价他说：“李白斗酒诗百篇，长安市上酒家眠，天子呼来不上船，自称臣是酒中仙。”

李白年轻的时候崇尚求仙学道，颇有侠客的风范。在四处漫游时，他经常是宝剑和酒壶不离身，不管是高兴还是悲伤，是独自游玩还是和朋友聚会，都喜欢喝喝酒，吟吟诗，因此在李白的诗歌中总能找到“酒”的身影：“岑夫子，丹丘生，将进酒，杯莫停……”这是李白在和友人聚会时的劝酒词；“人生达命岂暇愁，且饮美酒登高楼”，这是李白登楼赏景时饮酒的写照；“白酒新熟山中归，黄鸡啄黍秋正肥”，这是李白在高兴时的饮酒语；“平台为客忧思多，对酒遂作梁园歌”，这是李白悲伤时的饮酒感悟。

李白《行路难（其一）》

天宝元年，正四处漫游的李白受到友人的推荐入京担任翰林供奉一职。他渴望抓住这次机遇成就一番大业，谁知他非但没有得到唐玄宗的重用，反而还受到朝廷权臣的嫉妒和排挤。两年后，他被以“赐金放还”的名义撵出长安。

在离开长安的途中，他回想自己这些年的经历，不禁感叹人生道路的艰难险阻，于是有感而发，吟出了《行路难》的诗篇。

行路难（其一）

李白

金樽①清酒斗十千②，玉盘珍羞③直④万钱。
停杯投箸⑤不能食，拔剑四顾心茫然！
欲渡黄河冰塞川，将登太行雪满山。
闲来垂钓碧溪上，忽复乘舟梦日边。
行路难！行路难！多歧路，今安在？
长风破浪⑥会有时，直挂云帆济沧海。

【注释】

①金樽（zūn）：中国古代的盛酒器皿，以金为饰。

②斗十千：一斗值十千钱，形容酒美价贵。

③珍羞：即珍馐，珍奇名贵的菜肴。

④直：通“值”，价值。

⑤箸（zhù）：筷子。

⑥长风破浪：比喻实现政治理想。

赏析

这是李白准备离开长安时所写的《行路难》组诗中的一首，全诗以行路的艰难比喻追求理想之路的艰辛与曲折，以豪迈的气势表现了诗人内心复杂的情感变化和世道艰难、壮志难酬的感慨，同时也传达出其积极乐观的精神。

诗歌的前四句描写朋友为诗人送行的盛大场面，流露出诗人内心的苦闷。朋友们热情送别，李白却是心情异常沉重，刚端起酒杯，又把酒杯推开了；拿起筷子，又把筷子搁下了；他离开坐席，拔下宝剑，举目四顾，心绪茫然。

在接下来的两句诗中，诗人紧紧围绕主题，开始正面描写“行路难”，即想要渡过黄河，冰雪却封冻了河川；想登上太行山，大雪却掩埋了山路。诗人在此运用比兴的手法，“冰塞川”、“雪满山”表面上写的是现实道路的艰难，实际上暗示的是人生道路上的艰难险阻。李白进京为官时满怀着壮志豪情，他希望借此机会施展自己的抱负，成就一番事业，结果却被人排挤出京城，这不就像是在追求理想的道路上遇到“冰塞川”、“雪满山”吗?

面对这样的人生际遇，一般人难免忧伤颓唐，可天性乐观豁达的李白并没有消沉下去，他在接下来的两句诗歌中笔锋一转，描写了吕尚和伊尹这两位最初人生之路并不顺利，最终却成就了一番事业的历史人物，由此显示出自己乐观自信的人生态度。

在诗歌的最后，诗人有感于现实，虽然情不自禁地产生“行路难”的感慨，但也并没有因此而变得消极，而是吟出了充满信心和展望的诗句：“长风破浪会有时，直挂云帆济沧海。”诗人相信自己总有一天能乘长风破万里浪，高挂着风帆渡过茫茫大海，到达理想的彼岸。诗人的乐观和自信可见一斑。

知识链接

姜太公吕尚的故事

吕尚本是一介平民，大半生都在穷困潦倒中度过，但他很有才学，能占星象。在老年的时候，他常用直钩在渭水边钓鱼，以此来观望时局，等待机遇。

一次，西伯侯姬昌外出打猎，在出发之前命太史编占卜出行的地点及吉凶征兆，太史编说：“此次最大的收获并不是珍禽异兽或名贵珍宝，而是能辅佐您成就霸王之业的人才。”姬昌听后喜出望外。在外出打猎时，他于渭水旁遇到吕尚，此时吕尚正拿着直钩在河边钓鱼，而且钩上还没有鱼饵。于是姬昌好奇地上前询问缘由，吕尚说：“愿者上钩。”文王一听，觉得此人非凡，料定他便是卦上所说的能辅佐自己成就大业的将相之才。在交谈之后，文王提出请吕尚辅助自己成就大业，吕尚答应下来。之后，在吕尚的辅佐下，周文王治理的封地日渐强盛。

文王死后，周武王即位，并继承父亲平天下的遗愿，准备向东伐纣。武王九年，周武王与太公吕尚率军出征，经过数年征战，终于伐纣成功，建立了周王朝。因吕尚功劳卓著，武王便将齐国分封给吕尚，封其为齐太公，又称姜太公。

杜甫《茅屋为秋风所破歌》

杜甫中晚年时正逢唐代安史之乱爆发，为了躲避战乱，他和家人四处漂泊，饱受颠沛流离之苦。流亡到四川成都时，杜甫找到给严武做节度参谋这样一份差事，并在朋友的帮助下，于成都西郊浣花溪畔的荒地上建起一间小茅屋，在此度过了一段相对欢乐的时光。

没想到，两年后八月的一天，这间茅草屋遭到一场暴风雨的洗劫，屋顶的茅草被风刮走，杜甫一家在寒冷中挨过了难熬的一夜，杜甫也由景生情，写下这首诗歌。

茅屋为秋风所破歌

杜甫

八月秋高风怒号，卷我屋上三重茅。
茅飞渡江洒江郊，高者挂罥[①]长林梢，
下者飘转沉塘坳[②]。南村群童欺我老无力，
忍能[③]对面为盗贼，公然抱茅入竹去。

唇焦口燥呼不得④，归来倚杖自叹息。
俄顷⑤风定云墨色，秋天漠漠向昏黑。
布衾多年冷似铁，娇儿恶卧踏里裂。
床头屋漏无干处，雨脚如麻未断绝。
自经丧乱少睡眠，长夜沾湿何由彻⑥！
安得广厦⑦千万间，大庇⑧天下寒士俱欢颜！
风雨不动安如山。呜呼！
何时眼前突兀见此屋，吾庐独破受冻死亦足！

【注释】

①挂罥（juàn）：挂着，挂住。
②塘坳：低洼积水的地方，诗中指池塘。
③忍能：竟然忍心这样。
④呼不得：喝止不住。
⑤俄顷：不久，一会儿。
⑥何由彻：如何才能熬到天亮呢？彻，结束、完结。
⑦广厦：宽敞的大屋。
⑧大庇（bì）：全部遮盖、掩护起来。

赏析

这是杜甫在自家居住的茅屋遭到暴风雨的袭击，他们短暂安定的生活又被打破的背景下所写的一首诗。全诗表现了诗人生活的艰难，抒发出诗人忧国忧民的崇高情怀。

诗歌的前五句开门见山，直接描写茅屋被大风摧毁的情形：狂风怒号，风卷走屋顶上几层茅草。被卷走的茅草四处乱飞，渡过浣花溪，散落在对岸江边。那些飞得高的茅草悬挂在高高的树梢上，飞得低的则飘飘洒洒沉落到水塘里。诗句通过“卷”、“飞”、“洒”、“挂”、“飘转”等一系列动词形象地表现了大自然的无情。

接下来的五句诗歌写茅屋被摧毁后，南村的一群儿童欺负诗人年老无力，毫无顾忌地抱着茅草跑进竹林，诗人看到这样的情景非常焦急，可喊得口干舌燥也没有用，只能拄着拐杖，独自叹息。茅草屋被摧毁和茅草被儿童捡走，这样的打击已经是十分沉重了，可现实比这还要残酷，当诗人一家居住的草屋被破坏后，天空又下起了大雨，一家人只能在暴风雨的夜晚忍受雨淋和寒冷，由此更突显出诗人经受打击的沉重及其处境的艰难。更为凄惨的是，多年来郁积在心头的家国深忧和着凄风苦雨一起折磨着诗人，让他难以入眠，也更为急切地盼望天明。

照理来说，身处这样的环境，一般人最担心的是自己和家人的命运，可诗人在接下来的诗句中笔锋一转，想到天下苍生和国家的命运，他觉得如果天下的读书人都有房子住，老百姓能安居乐业，即使居住的茅草屋被吹破了，自己受冻而死也甘心。这充分显示了杜甫关心民生疾苦、体察人间冷暖的济世情怀，诗歌的主题得以升华。

知识链接

杜甫草堂

《茅屋为秋风所破歌》中所写的茅屋是当初杜甫带着全家流亡到四川成都时，在西门外的浣花溪畔搭建的暂时住所，杜甫将其命名为“成都草堂”。

杜甫刚来到成都时，觉得这里环境优美，就在朋友的帮助下，搭建了几间简陋的茅草房，带着全家人居住在这里。当时杜甫在成都找到了一份给严武做节度参谋的差事，全家的生活有了一些保障，在此一住就是四年。在这期间，杜甫的生活相对安定而快乐，于是他在工作之余就可以专心于诗歌创作，留传至今的约有二百四十余首。然而这样的安居生活最终还是被打破了，在761年的秋天，一场暴风雨摧毁他的茅草屋，此后不久，因为严武死亡，杜甫失去了谋生的差事，不得不离开成都，再次流亡。

近代，人们为了纪念杜甫，就在杜甫原来搭建房屋的地方修建了杜甫草堂博物馆，这个地方现在通常被视为中国文学史上的“圣地”。

杜甫《闻官军收河南河北》

安史之乱期间，杜甫曾带着全家四处逃亡，长期过着颠沛流离的生活，后来才在朋友的资助下定居于四川成都，过了一段相对安定的生活。

唐代宗广德元年（763年）春，当得知安史之乱被平定的消息后，杜甫激动不已，写出这首饱含激情的名作。

闻官军①收河南河北

杜甫

剑外②忽传收蓟北③，初闻涕泪满衣裳。
却看④妻子愁何在，漫卷⑤诗书喜欲狂⑥。
白日放歌须纵酒，青春作伴好还乡。
即从巴峡穿巫峡，便下襄阳向洛阳。

【注释】

①官军：指唐王朝的军队。

②剑外：剑门关以外，因当时杜甫流落在四川，故在此专指四川。

③蓟北：河北北部地区。

④却看：再看。

⑤漫卷：胡乱地卷起。

⑥喜欲狂：欣喜若狂，形容高兴得简直要发狂了。

赏析

这是杜甫在听到唐朝官军收复被叛军占领的河南、河北这一消息后写的一首诗。全诗情感奔放，处处渗透着“喜”字。在这首诗中，诗人以饱含热情的笔调抒写自己得知战乱已经平定的欣喜和急于返回故里的愉悦，感情真挚动人。

诗歌的首联写剑门关外忽然传来官军收复河南、河北的好消息，诗人刚刚听到这一喜讯，泪水就止不住地流了下来，洒满衣裳。这两句交代了事情的缘由，准确地传达出捷报的突然和诗人当时的惊喜之情。安史之乱已经平息，被迫在外漂泊多年的杜甫终于可以带着家人返回故乡。为此，他不禁心潮澎湃，喜极而泣，打算立即将这一消息告诉自己的家人。

颔联紧密承接上句，以“却看妻子”、“漫卷诗书”这两个动作，将诗人因为惊喜和激动而不知道该如何说起的状态传神地表现出来，同时也从侧面体现了家人在得知这一消息后的高兴心情及众人同享胜利的欢乐。

诗歌的颈联是对“喜欲狂”这一情绪的进一步抒写。诗人认为在这美好的日子里，手舞足蹈还不足以表达自己的愉悦心情，还需要“放歌”、“纵酒”才能将心中的喜悦完全表现出来。

尾联在前几句的铺垫下，直接抒发出诗人归心似箭的心情。在欣喜愉悦之际，诗人非常希望带着家人重返故里，因为归家心切，他仿佛看到自己和家人已经从巴峡乘船顺流而下，穿过巫峡，途经襄阳，向着家乡进发，几天之后，他们就可以回到老家。这种想象性的描写，不仅传达出诗人的急切心情，同是也使情感表达得淋漓尽致。

知识链接

杜甫的“生平第一快诗”

《闻官军收河南河北》一诗写于唐代宗广德元年（763年）的春天，当时杜甫已经五十二岁了，可因为安史之乱，他仍旧带着家人在外漂泊，难以返回故乡。

实际上，在前一年冬季，安史之乱的战争形势已经急转直下，唐朝官军乘胜收复了洛阳、郑州、开封等地，部分叛军投降。此后不久，叛军首领史思明的儿子兵败自缢，其余部将也相继投降，持续七八年之久的安史之乱终于结束了。当时正漂泊于四川子洲地区的杜甫得知这个消息后，喜极而泣，才写出这首被称为杜甫“生平第一快诗”的诗。

杜甫《江汉》

安史之乱期间，杜甫带着家人四处逃难，先是经秦州、同谷等地，到达成都，过了一段比较安定的生活，后又漂泊到梓州（今四川三台县）、夔（kuí）州（今重庆）等地。

唐代宗大历三年（768年）正月，杜甫自夔州出峡，流寓湖北江陵、公安等地，此时杜甫已经五十六岁，回想这些年来的漂泊生涯，想着自己年事已高、谋生日益困难而仍旧北归无望的现实，他不禁百感交集，于是留下这一诗篇，以寄托自己顽强不息、壮心犹在的情怀。

江　汉[1]

杜甫

江汉思归客，乾坤[2]一腐儒[3]。
片云天共远，永夜[4]月同孤。
落日[5]心犹[6]壮，秋风病欲苏。
古来存老马，不必取长途。

【注释】

①江汉：即湖北。江，指长江；汉，指汉水。
②乾坤：天地。《易·说卦》：“乾为天……坤为地。”
③腐儒：原本是指读书而不明白事理的人，诗人在这里用来说自己无所作为。
④永夜：长夜。
⑤落日：日暮，多用来形容晚年、晚景。
⑥犹：仍然，还是。

赏析

这是杜甫在晚年时期创作的一首诗歌，全诗抒发了他渴望为国效力的情怀和怀才不遇的感慨。

诗歌的前两句描写诗人在晚年时仍滞留于异乡江汉漂泊的情形，句子的意思是说，诗人在年老时仍旧漂泊于江汉一带，他觉得自己这个思归故乡的天涯游子，在茫茫天地之间，只是一个迂腐的老儒。因为当时诗人年事已高，可仍旧四处漂泊，北归无望，所以才会发出这样的感慨。在这两句中，诗人以“思归客”一词概括了自己的处境，点出自己是思归而不能归、被迫四处漂泊；同时，诗人将“腐儒”置于“乾坤”这样偌大的背景中，显示了自己的心酸和渺小无助。

“片云天共远，永夜月同孤”两句说诗人觉得自己像飘荡在天边的云一样远客异乡，与明月一起，孤独地面对漫漫长夜。诗人在此紧承前句的意思，以天边的浮云来隐喻自己漂泊不定、居无定所的流浪生活；以天上悬挂的孤月来暗示自己孤独冷清、无依无靠的悲苦处境。通过自然环境的烘托，将自己的思乡之情表现得更为深沉、真切。

诗歌后四句的描写重点转向抒情言志，并从中透露出一种积极向上、奋发进取的情绪。面对年迈体弱、风烛残年却仍旧四处漂泊的现实处境，诗人并没有因此而沉沦或者怨天尤人。尽管他忧愁苦闷，可一展抱负的雄心壮志依然存在，他仍然希望能像“老马识途”那样发挥自己的才能，一展抱负。

通过这样的诗句，我们不难感受到诗人那种不甘平庸、不屑颓靡的豪雄之气，同时也能体会到其积极处世、身处逆境和壮心不已的乐观心态。

知识链接

老马识途的故事

公元前663年的战国时期，齐桓公应燕国的要求，率领军队攻打入侵燕国的山戎部军队，相国管仲随军前往。

齐军春天时出征，到冬天时才取得胜利，终于准备班师回国。由于自然环境发生了很大的变化，在回国的路上，大军不小心在一个山谷中迷了路。齐桓公派出很多有经验的军士去找路，可都失败了。时间一长，军队的粮食出现了短缺的情况，形势十分危急。随军而来的管仲忧心忡忡，他思索了很久，终于想到一个办法，于是他向齐桓公建议说：“据说很多动物虽然离开家很远但仍能找到回家的正确方向，想必军中的老马应该也有认识归途的本领。我们可以试着让老马在前面领路，这样或许能带领大军走出山谷，找到回去的路。”齐桓公同意试试看。管仲立即命人挑出几匹老马，解开缰绳，让它们在大军的最前面自由行走。

谁知刚解开缰绳，这些老马就不约而同地朝着一个方向前进，齐桓公命令大军紧紧跟随，终于，在老马的带领下，齐军走出山谷，找到了回齐国的大路。

岑参《逢入京使》

岑参是唐代著名的边塞诗人，从年轻时起，他就怀着在塞外建功立业的志向，几次出塞，长期以幕府书记的身份从军出征。

唐玄宗天宝八年（749年），当时三十四岁的岑参告别在长安的妻子，第一次随军远赴西域，担任安西节度使高仙芝的幕府书记。在随军前往西域途中的一天，他们遇到回京的使者，岑参见此情景，思念起远在长安的家人来，不禁感慨良多，写下了这首诗。

逢入京使①

岑参

故园②东望路漫漫③，双袖龙钟④泪不干。
马上相逢无纸笔，凭君传语⑤报平安。

【注释】

①入京使：回京的使者。
②故园：对往日家园的称呼，这里指长安。
③漫漫：形容路途遥远。
④龙钟：指流泪，这里是沾湿的意思。
⑤传语：捎口信。

岑参（约715～770年），原籍南阳（今属河南新野），后迁居江陵（今属湖北），唐代著名的边塞诗人，因担任过嘉州刺史，世人也称其为岑嘉州。他一生曾几度出塞，在边疆军队生活了六年，因而对征战生活、边塞风光有较为深刻的体验和观察，并以此为题材写了不少诗篇，代表作有《逢入京使》、《白雪歌送武判官归京》等。

赏析

这是岑参在远赴西域任职途中因遇到返回京城长安的使者，有感而发，写下的一首诗歌，全诗表现出诗人开阔豪迈的胸襟和对祖国家园的眷念之情。

诗歌的首句“故园东望路漫漫”写的是诗人离开长安及家人，在远赴西域途中的真实感受。因为已经赶了几天的路，距离“故园”长安已经越来越远，此时回过头来看长安所在的方向已经很远很远了。想着自己就要长时间地远离家乡和亲人，诗人的思乡之情油然而生。

诗歌的第二句“双袖龙钟泪不干”紧承前一句的意思，更具体地表达了自己对乡土的眷念和对亲人的思念。诗人的感情是如此浓烈，以至于两只袖子都已经擦湿，眼泪还是止不住地往下流，思乡的眼泪怎么也擦不干。在这句诗中，诗人运用夸张这一修辞手法，将自己内心强烈的情感形象地表现了出来，同时也为下文做了铺垫。

在诗歌的最后两句“马上相逢无纸笔，凭君传语报平安”中，诗人更进一步描写了自己遇到回京城长安的使者后的情形和激动的心情。怀着对家人的思念，诗人非常想托使者捎一封家书回去，可走马相逢，一时找不到纸和笔，使者也急于赶路，诗人不禁想信是写不成了，只能托回京的使者给在长安的家人捎个平安的口信。这样的结尾方式，看似简单，可蕴意丰富，将诗人深沉的思乡之情和豁达的人生态度淋漓尽致地表现了出来，余味无穷。

知识链接

岑参出塞及其边塞诗创作

岑参出身官宦世家，其祖辈父辈都曾在朝中任职，但到了岑参那一辈，家道逐渐衰落。岑参自幼聪明好学，几乎读遍经史之书。之后他离开家乡上京赴考，第一次考试时因为机缘不巧，他并没有考中。于是他边读书求知边四处漫游，直到几年之后，他才如愿考中进士，被授予兵曹参军的职位。在此之后，他以安西四镇节度使高仙芝幕府书记的身份，随军赴安西边塞，两年之后又随军回到长安。过了不久，他又以安西北庭节度使封常清的判官的身份，再度出塞，直到安史之乱爆发后才回到京城长安。

岑参年轻时就有建功立业的豪情壮志，正是因为怀着报效祖国的理想，他才会先后两次出塞。在边塞生活的几年时间中，尽管他时常想念家乡和亲人，可他从没忘记自己的抱负和信念，凭借自己的英勇机智，建立了不朽功勋。同时，因为有着切身的边塞从军经历，他对边塞的风土人情比较熟悉，对于戍边将士的艰辛和战争的残酷有着深切的感受，所以他的边塞诗形象而富于感情，很有感染力。

李商隐《无题（其一）》

李商隐是唐晚期一位有理想抱负且富于浪漫气质的诗人。他和当时的很多人一样，崇尚道术、信奉道教，大约在十五六岁的时候，他就到玉阳山学道去了。在此期间，他与玉阳山灵都观的一名女子宋华阳相识并相恋，可两人的感情不能为外人所知，于是年少而情感丰富的李商隐就将心中的情愫诉诸笔端，写了二十首以《无题》为名的爱情诗。这是其中最为著名的一首，主要表现两人在春末的一次短暂相见后即又离别的情景。

无题（其一）

李商隐

相见时难别亦难，东风无力百花残①。
春蚕到死丝方尽，蜡炬成灰泪②始干。
晓镜但愁云鬓③改，夜吟应觉月光寒。
蓬山此去无多路，青鸟④殷勤⑤为探看。

【注释】

①残：凋零。
②泪：蜡烛燃烧时流下的蜡油称烛泪，此处隐喻相思泪水。
③云鬓：青年女子的头发，代指青春年华。
④青鸟：传说中西王母的使者，有意为情人传递消息。
⑤殷勤：情谊深厚。

李商隐（约812～858年），字义山，号玉溪生、樊南生（樊南子），祖籍怀州河内（今河南沁阳），晚唐著名诗人。他曾担任过弘农尉、佐幕府、东川节度使判官等职，在政治上很不得志，潦倒终生。他在诗文方面颇有成就，与杜牧合称为“小李杜”，代表作有以《无题》为名的爱情组诗，至今有《李义山诗集》传世。

赏析

这是诗人以《无题》为名所写的诸多寄情诗中的一首，全诗以细腻的笔触抒写着诗人的爱情际遇，表达出其与意中人短暂相遇之后又不得相见的怀想和惆怅，同时也寄寓了诗人的人生感悟和生活理想。

诗歌的开篇直入主题，紧紧围绕着“别”字展开。虽然在诗歌的前两句中，诗人并没有正面描写昨夜在宴会上与意中人相识，之后又不得不各自分开，难以见面的情景，但从诗句的表达中，我们很容易想象出当时的画面；而且在“东风无力”、“百花残”等环境的烘托中，我们仿佛又能体会到诗人在与意中人分开之后的思念和愁苦心情。

“春蚕到死丝方尽，蜡炬成灰泪始干”是一千多年来脍炙人口的名句，也是全诗的重心所在。诗句的表面意思是说，春蚕结茧到死时丝才吐完，蜡烛要燃完成灰时像泪一样的蜡油才能滴干，实际上，诗人是想以此来表达自己对意中人的深切爱恋已经达到了生死相许的地步。在这两句诗中，既有失望的悲伤与痛苦，也有缠绵、灼热的执著与追求，表现了诗人的用情之深，同时也流露出其因难以与意中人相见而产生的巨大痛苦。

在接下来的“晓镜但愁云鬓改，夜吟应觉月光寒”两句中，诗人设想了双方因为不能相见而惆怅、焦虑的情状：女方早晨妆扮照镜，只担忧丰盛如云的鬓发改变颜色，青春的容颜消失；男子晚上长吟不寐，必然感到冷月侵人。这两句诗中既暗含情人相思之苦，又表现出两人的心心相印。

在诗歌的结尾处，诗人因相思之苦而发出希望有人能代为传递信息，带去问候的感慨。这是一种美好的设想和期待，诗句流露出诗人此时的无奈和愁苦，情感真挚而深沉。

知识链接

李商隐在玉阳山的爱情故事

在李商隐生活的那个时代，社会中崇道尚仙的风气浓厚，所以李商隐在年少的时候也被家人送到河南玉阳山东峰学道。而在玉阳山西峰的灵都观里，有一位名叫宋华阳的女道士，她本是侍奉公主的宫女，后随公主来山中修行学道。李商隐初次见到宋华阳时，就被她的美貌和聪慧深深地吸引，而宋华阳同样也对李商隐的才华赞赏有加，两人因此双双坠入爱河。但在当时，由于两人正在修行，且门第悬殊，他们之间的爱情是得不到正统礼教承认的，所以李商隐和宋华阳只能暗中书信往来，互诉衷肠，或是借诗或音乐来传情达意。有时因为思念心切，二人也会偶尔幽会，可是仍不敢将这段感情公之于众。后来，公主修道期满，宋华阳迫于无奈，只得随公主回宫，两人从此便很难再有机会相聚。分别之后，两人饱受相思之苦，尤其是李商隐，对这段真挚而刻骨铭心的爱情念念不忘，直到多年后仍然将这段纯真的热恋深藏于心，甚至还常常因为思念心切而心烦意乱，也因此写下了不少缅怀的诗篇。

李商隐《夜雨寄北》

李商隐的仕途之路很不顺利，他刚刚进入官场，就被卷入当时激烈的政党之争中。唐宣宗大中年间，为了暂时避开朝廷中的纷争，他曾经应聘到四川，在巴蜀之地任东川节度柳仲郢的幕僚。

在秋季的一个下雨天，身居巴蜀的李商隐看着眼前的情景，不由得想到自己这些年在官场的际遇，惦记起远在长安的妻子来，于是怀着对妻子的思念之情，以朴实的文字写下了这一诗篇。

夜雨寄北①

李商隐

君问归期未有期②，巴山③夜雨涨秋池④。

何当⑤共剪西窗烛，却话⑥巴山夜雨时⑦。

【注释】

①寄北：寄赠给住在北方的妻子。还有一说认为此诗是写给友人的。

②未有期：还没有一个准确的日子。

③巴山：即大巴山，在今四川南江县以北。

④涨秋池：（秋雨使）池塘注满了水。

⑤何当：什么时候才能够。

⑥却话：再次谈论。却，表示还、再的意思。

⑦巴山夜雨时：意指巴山夜雨时的心情。

赏析

这是诗人滞留于巴蜀之地（今四川一带）时写的一首抒情短诗，表现了诗人对妻子的思念，也抒发了对自身际遇的感慨。

从诗句的内容可以看出，在写这首诗之前，诗人已经收到妻子询问归期并盼望其早日回归故里的书信。此时的诗人也非常想早点回家团聚，可由于种种原因，暂时还不能如愿，于是以诗代信，描写自己目前的状况和抒发内心的情感。在首句“君问归期未有期”中，诗人以一问一答的方式描写了自己目前还无法确定归期的事实，流露出诗人独自滞留异乡、归期未卜的失落心情。

在诗歌的第二句“巴山夜雨涨秋池”中，诗人直接描述了自己所处的环境和心情，意思是今晚巴山下着大雨，雨水涨满了池子，言下之意就是因为秋雨连绵、交通中断等原因，自己一时难以回家。在此诗人选取“秋山”和“夜雨”这两个最能勾起离人乡愁的景物，含蓄地表达了对妻子的无限思念和身处异乡的愁苦之情。

诗歌的最后两句话笔锋一转，不再抒写离愁别恨，而是描写了自己与妻子团聚时的情景，给人一种时空交错的感觉。若仔细体味就不难发现，这实际上是一种期待和展望，诗人梦想着返回家乡与妻子团聚，两人在西屋的窗下窃窃私语，一起叙说离别的愁苦和团聚的喜悦。由此可以看出，诗人此时已经不再停留于眼前的孤独寂寥的心境中，而是在努力排遣心中的抑郁，以重聚时的幸福欢乐来化解眼前的苦闷情绪，诗人的豁达心胸及其对重聚的期待可见一斑。

知识链接

牛李党争

牛李党争也称“朋党之争”，是唐朝后期统治集团内部因争权夺利而引发的斗争。党争主要分为以牛僧孺、李宗闵为首的“牛党”和以李德裕为首的“李党”。牛党中的成员大多出身卑微，后来通过寒窗苦读考取进士，才得以入朝为官；而李党成员大多出身于世家大族，门第显赫，他们多是倚仗祖父辈的显赫官位而进入官场。虽然同是在朝为官，可由于出身和入仕方式的不同，两党之间在一些政治问题上产生了严重的分歧，如牛党主张通过科举取士，而李党则主张以门第选士；李党主张派兵征伐不听朝廷命令的藩镇，而牛党则主张姑息迁就，以避免战争，等等。除了在政见上差异很大外，牛李党争实际还涉及个人的恩怨。起初，牛党的主要成员因评论时政而得罪宰相李吉甫，而李党的领袖李德裕则是李吉甫的儿子，李党中的多数成员也与李家有着千丝万缕的联系，所以两党中的一方一旦掌权，就会想尽办法排挤和打击另一方。李商隐在早年时曾因自己的才华受到牛党成员令狐楚的赏识，被引为幕府巡官。在令狐楚逝世后不久，他又应泾原节度使王茂元的聘请，到泾州（今甘肃泾县北部）做了王府的幕僚，王茂元还将自己的女儿嫁给了他。而王茂元是李党的成员，因为同时与两党有纠葛，所以李商隐也被卷进牛李党争，同时遭到两派的排挤，仕途之路十分坎坷。

杜牧《遣怀》

杜牧是晚唐时期著名的诗人，被称为“小杜”。他饱读诗书，才华横溢，渴望建功立业，但仕途颇为坎坷。他曾经在淮南节度使牛僧孺幕府中任职，长期居住于扬州。因为在官场上不得志，所以他常纵情于娼楼歌馆之间，有过一段较为颓废的生活经历。

后来，当他回忆往事时，对在扬州所过的生活追悔莫及，有感于自己的身世遭遇，怀着年华易逝、一事无成的感伤，他写下了这首诗。

遣　怀

杜牧

落魄①江湖载酒行，楚腰②纤细掌中轻③。

十年一觉扬州梦，赢得青楼④薄幸⑤名。

【注释】

①落魄：仕途不顺，穷困失意。

②楚腰：指细腰。

③掌中轻：相传汉成帝皇后赵飞燕身体很轻，能在掌上跳舞。

④青楼：旧指精美华丽的楼房，也指妓院。

⑤薄幸：薄情，负心。

赏析

这是杜牧回忆在扬州做官时那段放荡不羁的生活，反思自己轻狂而沉沦的过往后写下的一首诗歌。全诗表面上写的是对昔日行为的悔恨和追思，实际上寄寓着自己怀才不遇的感慨和对现实的不满。

诗歌的首句从追忆在扬州时的颓废生活起笔。当时杜牧正值青春年少，渴望施展自己的才华成就功名、为国效力，可没想到自己名门之后的身世不但没能帮助自己成就理想，反而成了自己受到朝廷权臣排挤的重要原因。在不得已的情况下，满怀壮志豪情的杜牧只能来到扬州，在淮南节度使牛僧孺的幕府中任职。因为官场上的不得志，诗人变得颓唐沉沦，终日饮酒作乐，流连于酒肆、青楼等场所。诗歌的首句虽然只写了“落魄”、“载酒行”这样两个简单的意象，但诗人当时失落的心情和颓废的生活场景已经呼之欲出。

紧接着，诗人以“楚灵王好细腰，而国人多饿死”和“赵飞燕体轻，能为掌上舞”的典故借指扬州歌妓的苗条身姿和曼妙舞姿。从表面上看，这里是写诗人对自己扬州生活的美好回忆，实际却是在“以乐景写哀情”，[illegible]是通过美好的生活场景来反衬其内心的悲哀和愁苦。

而在“十年一觉扬州梦，赢得青楼薄幸名”两句中，诗人由回忆转向现在的反思和感慨：繁华热闹的十年扬州生活就像是一场梦，曾经沉迷于“青楼”的自己最终也只得到一个薄情汉的名声，其余一无所得。这两句诗歌既写出了诗人对往日生活的反思和悔恨，也寄寓了诗人对现实的不满和壮志难酬的苦闷。

知识链接

楚王好细腰

春秋战国时期，楚国的国君楚灵王喜欢看到他的臣子有纤细的腰身，认为这样才赏心悦目，而且他还总是提拔和重用那些有着苗条腰身的臣子。这样一来，朝廷的文武大臣为了博得楚灵王的赏识和宠信，便千方百计地减肥瘦身，甚至以节食的方式来使自己保持苗条的身材和纤细的腰身。有些大臣常常为此饿得头昏眼花，甚至有不少人因此饿死。

后来，有人想出一套快速减肥的绝招，那就是在每天早晨起床穿衣时都要练习深呼吸、挺胸收腹等动作，然后再用宽大的腰带将自己的腰部束得紧紧的。经过这样的一番折腾，再加上平时吃得就很少，一些人经常会出现呼吸困难、饿晕、身体无法独立支撑而需要扶住墙壁才能勉强站立起来等情况。过了一段时间，楚国的文武百官几乎都变成了面黄肌瘦、弱不禁风的人，连日常生活都不能应付，更别说为国效力和保家卫国了。

孟浩然《岁暮归南山》

孟浩然是唐朝时期著名的山水田园诗人，长期过着隐逸田园的生活。但实际上，他也有着经世治国的理想，渴望一展抱负，实现自己的政治理想。他早年饱读诗书，渴望入朝为官，有所作为，在年轻时已经很有诗名了。

唐玄宗开元十六年（728年），当时四十岁的孟浩然到长安参加科举考试，没想到竟然进士落第。他心中有着满腹的牢骚又不知如何发泄，想要直接向皇帝上书可又很犹豫，于是怀着极端复杂的心情，写下了这首诗。

岁暮归南山

孟浩然

北阙[①]休上书[②]，南山归敝庐[③]。
不才明主弃，多病故人疏[④]。
白发催年老，青阳[⑤]逼岁除。
永怀愁不寐，松月夜窗虚。

【注释】

①北阙：指宫廷北门。
②休上书：停止进奏章。
③敝庐：对自己家园的谦称。
④疏：疏远。
⑤青阳：春天。

孟浩然（689～740年），本名不详（一说名浩），字浩然，襄州襄阳（今湖北襄阳）人。世人称他为孟襄阳，又因为他曾隐居鹿门山而又未入仕为官，有人也称其为孟山人。其诗歌绝大部分为五言短篇，内容上多为山水田园和隐逸、行旅等，代表作有《春晓》、《过故人庄》等，有《孟浩然集》传世。世人常将其与王维并称为“王孟”，二人是唐朝时期著名的山水田园诗人。

赏析

这是诗人在长安应试落第后怀着极度复杂的心情写下的一首归隐诗，全诗抒发了仕途失意、壮志难酬的苦闷心情和归隐田园的无奈。

诗歌的前两句直入主题，句子的主要意思是说，诗人已经决定停止追求仕途，归隐南山，从此不必想着再去皇宫向皇帝提出自己的政治主张、希望能得到朝廷的重用了。表面上看，诗人是以轻松的口气述说归隐的事实，可仔细品味之下，我们不难发现隐藏于诗句中的失望和忧愤，并体会到诗人想要“北阙上书”而不得，迫于无奈才归隐的矛盾心情。

在三四句中，诗人紧接着讲述了失意的具体缘由。这两句诗的表面意思是说自己因为无能和多病才不被明主赏识，甚至连朋友都疏远了自己，可实际上，诗人是在以自怨自艾的口吻抒写不被人赏识、怀才不遇的不满和心中的苦闷之情。诗人自幼抱负非凡，又得到当时的官员王维、张九龄等的赏识和推荐，自认为仕途可以一路畅达，不料却落第了，心中的苦恼和抑郁可想而知。

在五六句中，诗人由落第的事实和归隐的决心进一步想到自己眼前的境况，不由得发出年华易逝而壮志难酬的感慨。时光飞逝，诗人如今鬓发已白，可仍功名未就，宦途渺茫，他怎么能不因此而感到焦虑呢？尽管诗人自己也不甘心就此归隐，可事与愿违，始终没有遇到一展抱负的机会，最终只能归隐。这两句诗在感慨之余恰当地表现了诗人不想归隐却又无可奈何的矛盾心情。结尾的两句中，诗人说自己胸中常常因为愁绪满怀而彻夜不能入睡，自己本就凄苦，窗前松下那一片月光更增添了其空虚之感。诗人在这两句中紧承前文，直接点明自己心中的愁绪，主题进一步升华，余味无穷。

知识链接

孟浩然落第

唐玄宗开元十六年（728年），当时已经四十岁的孟浩然第一次到长安参加科举考试，渴望入朝为官，实现自己的政治理想。来到长安城后，他的诗名渐渐传开，并因此结识张九龄、王维等当时有名的诗人，这些诗人中有不少还是达官贵族，如张九龄就是当朝宰相，而王维也是朝廷命官。在长安期间，孟浩然经常和这些诗人一起聚会吟诗，畅谈理想抱负。

在参加完科举考试之后不久，一天王维在官中办公，私下把孟浩然请进去闲谈。不料玄宗皇帝驾到，二人大惊，孟浩然只好躲了起来。王维不敢隐瞒真情，只好直言请罪。唐玄宗得知是孟浩然，因为久闻大名，就让他出来，并问他最近有没有新的诗作。孟浩然想了想，便吟出《岁暮归南山》这首诗。皇上听后，对其中“不才明主弃”一句十分不悦，生气地下了一道指令不让孟浩然做官，让他回终南山，孟浩然于是落榜。他只能怀着复杂的心情，无可奈何地归隐终南山，聊度余生。

孟郊《游子吟》

孟郊早年生活贫困潦倒，漂泊无依，虽然也曾参加过很多次科举考试，但由于时运不济，都没有考上，直到四十多岁的时候，他才得到一个溧（lì）阳（位于今江苏南部）县尉的卑微之职。早已过惯自由生活的诗人自然不将这个小官放在心上，经常放下公务外出游玩，纵情于山水吟咏。县令见状，通常就只给他半俸。

有一天，他突然收到母亲的书信，说要到溧阳来看他，怀着激动的心情，他以真挚的情感写下了这首诗歌。

游子①吟

孟郊

慈母手中线，游子身上衣。
临行②密密缝，意恐③迟迟归④。
谁言寸草心⑤，报得三春⑥晖！

【注释】

①游子：出门远游的人，本诗中指孟郊。

②临行：将要出门远游。

③意恐：担心。

④归：回来，回家。

⑤寸草心：因萱草（花）是我国传统的母亲花，故此句以萱草（花）来表达子女的孝心。

⑥三春晖：比喻慈母的恩情就像春天里温暖的阳光一样。三春是指春季的三个月，一月称孟春，二月称仲春，三月称季春。

孟郊（751~814年），祖籍平昌（今山东临邑东北），唐代诗人。他四十五岁才进士及第，入仕为官，在任时常以做诗为乐，做不出诗则不出门，故有“诗囚”之称。因他与诗人贾岛写诗时都注重苦吟，世人又将二人并称为“郊岛”。至今其留传下来的诗歌有五百多首，其中以短篇的五言古诗最多，代表作有《游子吟》、《感怀》等，作品集有《孟东野诗集》、《孟郊诗》等。

赏析

这首诗是孟郊最有名的代表作，诗歌通过回忆母亲临行前为游子缝衣的场景，表现了母爱的无私和伟大，也传达出诗人对母亲深深的爱和对故乡的思念之情。全诗虽然只有六句三十字，但所表现出的感情极具感染力。

诗歌的前两句将“线”和“衣”这两件常见而有代表性的事物与“慈母”和“游子”紧紧地联系了起来，以细致入微而饱含深情的笔墨描写了母亲手拿针线为将要出门的游子缝制衣服的场景，表达出母子相依的骨肉亲情。母亲为孩子缝补衣服的场面虽然看起来很温馨，但因为对象是即将远游他乡的游子，很容易就使人联想到游子的奔走之劳、孤寂之悲和思乡之情，由此使得全诗染上了一层淡淡的哀愁。

在接下来的三四句诗歌中，诗人进行了合理而大胆的想象，传达出母亲为游子缝补衣服这一常见举动中蕴涵的深情：原来，母亲在缝补过程中用的不仅仅是线，还有灌注于其中的拳拳的爱。游子衣服上那密密匝匝飞走的针线，融入了母亲的缕缕情思，有关爱，有担忧，也有对孩子早日回家的期待。通过这样的想象，诗歌的意境得以升华。

在诗歌的最后两句中，诗人运用比兴的手法，将母亲的爱比做春天的阳光，把即将出门的游子比喻为刚刚长出地面的草，句子的意思是，谁能说萱草的那点孝心，可报答春晖般的慈母恩惠？诗句通过写萱草的孝心根本就无法报答春晖般的慈母恩惠来直抒胸臆，讴歌母爱的无私和伟大，也表现出自己对母亲发自肺腑的爱和尊敬。

知识链接

关于母爱的故事

在《游子吟》这首诗中，诗人孟郊刻画了一位伟大而无私的慈母的形象，表达了对母爱的讴歌和赞美。而在我国历史上，有着无数验证母爱伟大的例子，孟母三迁的故事就是其中之一。孟子的母亲为了让自己的儿子能够生活在良好的学习环境中，受到更好的教育，不惜三次迁居，彰显了母爱的伟大，也说明孟母善教的道理。

孟子在很小的时候，父亲就去世了，他的母亲靠纺纱织布维持二人的生活，并抚养孟子。可小时候的孟子非常顽皮，经常因为玩耍而耽误学业。一开始他们住在墓地旁，孟子就和邻居的小孩一起模仿别人跪拜、哭号的样子，玩起办理丧事的游戏。孟母见了，觉得这样的环境不利于孩子的成长，于是她带着孟子搬家到集市中。因受环境的影响，孟子又和邻居的小孩学着商人做起生意来。孟母见了，又带着孟子再次搬家。这次，他们搬到了学校附近，由于耳濡目染，孟子对学习产生了兴趣。孟母这才放下心来，带着孩子在此定居下来。

刘禹锡《秋词（其一）》

刘禹锡不仅是晚唐时期著名的诗人，还是一个有着经世治国理想的文人。在为官期间，他主张政治革新，并于唐顺宗永贞元年（805年）参与了以王叔文等东宫旧臣发起的永贞革新。但革新失败，他也因此受到牵连，被贬到朗州（今天湖南常德）。

当时刘禹锡才三十四岁，正是意气风发的时候，遇到这样的事情，心中自然觉得苦闷。可生性豁达的他并没有因此消沉下去，一天，他触景生情，有感而发，写下了这首诗。

秋词（其一）

刘禹锡

自古逢秋悲[①]寂寥[②]，我言秋日胜春朝[③]。
晴空一鹤排[④]云上，便引诗情到碧霄[⑤]。

【注释】

①悲：悲叹，感伤。

②寂寥：萧条冷落，空寂无声，这里指景象凄凉。

③春朝：本指春天的早上，这里泛指春天。

④排：推开、冲破的意思。

⑤碧霄：青天。

赏析

这是诗人在被贬朗州之后所写《秋词》诗组中的一首，全诗一反传统“伤春悲秋”的论调，通过歌颂秋天的壮美，表达了诗人乐观豁达的情绪和奋发向上的进取精神。

诗歌的首句从自古诗人词家逢秋必悲的传统写起，点出“秋”在传统诗词中显示的意境。由于秋天有着草木枯黄、树叶凋零、秋风萧瑟等自然特点，在以往的诗词中，人们常常由秋联想到悲伤、哀愁等情绪，以秋来寄寓离愁、哀伤、思念和牵挂等情感，而诗人刘禹锡却不这样认为，他断然否定前人悲秋的观念，另辟蹊径，认为秋天也是美好的，这种美甚至超过了春天的。“胜春朝”是诗人对于秋景最充分的认可，而且从诗歌的首句和下文来看，诗人的这一认可并不是故弄玄虚或是出于一时的冲动，而是经过理性思索后的结论。通过这两句议论，充分显示了诗人宽广的胸襟和卓越的见识。

“晴空一鹤排云上，便引诗情到碧霄”是对“秋日胜朝晖”的具体阐释，诗人以秋天的晴空为背景，抓住“一鹤凌云”这一别致的景观，以鹤的渺小来烘托天空的广阔，并以极有气势的“排”字形容鹤的飞翔，展现了秋高气爽的壮美景色。看到这样的美景，诗人的诗情也随之遨游到云霄。诗人在此选择“鹤”这一意象，是蕴涵着深意的，这里的“鹤”虽然孤独，却是不屈的化身，由此就传达出一种高扬的气概和进取的精神，显示了诗人的高尚情操，表现了积极的主题。

知识链接

刘禹锡的人生经历

刘禹锡出生于江苏徐州一个没落的官宦世家，自称是汉中山靖王后裔。在唐德宗贞元九年（793年）的时候，他进士及第得以入朝为官，先后曾担任过太子校书、淮南节度使掌书记、监察御史等职。后来，王叔文、韦执谊等人在新即位的顺宗皇帝李诵的支持下进行政治革新，实施了一些具有进步倾向的政治措施。刘禹锡倾向于革新，积极参与谋议，也因为才华突出而受到革新派领袖王叔文的器重，成为革新派的主要成员。

后来因为革新遭受朝中一些守旧派大臣的阻挠而宣告失败，刘禹锡、柳宗元等革新派的主要成员也因此受到牵连。刘禹锡先是被贬为朗州司马，多年之后才被召回朝廷。后又因为赋诗触忤朝廷，再次被贬为连州刺史，转夔、和二州，直到唐敬宗宝历二年（826年）才被再次召回朝廷为官。先后任尚书省主客郎中、集贤学士、礼部郎中及苏、汝、同三州刺史等职，此时刘禹锡年事渐高，身体也越来越差，多病而少有作为，但其仍保持着积极的生活态度。

刘禹锡《酬乐天扬州初逢席上见赠》

刘禹锡一生仕途历经坎坷，直到唐敬宗宝历二年（826年）的冬天，他才从和州奉召回洛阳，结束其贬谪生涯。

在返回途中，他在扬州遇到了准备从苏州返回洛阳的白居易，二人相邀共叙诗情。在宴席上，白居易写了一首诗赠送给他，为答谢白居易，诗人便写下这首诗歌。

酬乐天[1]扬州初逢席上见赠

刘禹锡

巴山楚水[2]凄凉地，二十三年弃置身[3]。
怀旧空吟闻笛赋[4]，到乡翻似[5]烂柯人[6]。
沉舟侧畔千帆过，病树前头万木春。
今日听君歌一曲，暂凭杯酒长精神[7]。

【注释】

①酬乐天：答谢白居易。酬，指以诗相答谢。乐天，是白居易的字。

②巴山楚水：古时四川东部属于巴国，湖南北部和湖北等地属于楚国，刘禹锡曾被贬于此。

③弃置身：指遭受贬谪的诗人自己。

④闻笛赋：指西晋向秀的《思旧赋》。三国时期，向秀的朋友嵇康、吕安因不满司马氏篡权而被杀害。后来，向秀经过他们的旧居，听到笛声，勾起对故人的怀念。

⑤翻似：倒好像，反而像。

⑥烂柯人：指晋人王质。

⑦长（zhǎng）精神：振作精神。

赏析

这是诗人赠送给白居易的酬答诗，全诗回顾了诗人这些年来的贬谪生活，表现了世事的变迁和诗人内心的惆怅和苦闷，同时也展现出其豁达的心胸和坚忍不拔的意志。

诗歌的前两句简述诗人的贬谪经历，表现了其长期被贬谪的悲慨心情。诗人想要改革时弊，却遭到打击，被贬到偏远的朗州（在今湖南）、连州（在今广东）、夔州（在今四川）等地任职，而且一待就是二十多年。这些年来，他如同被弃置在道旁一样，难以施展自身的抱负，更无法尽情发挥才干。

在诗歌的第三句中，诗人借用西晋时期的向秀写《思旧赋》悼念友人嵇康的典故，从侧面表现诗人对时政的不满和对因参与政治改革而被害致死的老友的怀念。在第四句中，诗人借用晋朝王质误入仙境观看两个老翁下完一盘棋后，人间已过百年的典故来比喻自己长期贬谪在外，再次回到京城也有恍如隔世之感，以此感慨时光飞逝。

“沉舟侧畔千帆过，病树前头万木春”是本诗中脍炙人口的名句。字面意思是说，沉船的旁边会有千帆驶过，枯萎的树前头有万木争春。实际上，诗人在这里是以“沉船”和“病树”自喻，以此表达自己内心的愁苦。虽然如此，我们还是能从字里行间读出诗人达观的心态：沉舟侧畔，有千帆竞发；病树前头，正万木皆春，这正是重整精神、奋发进取的写照。

在诗歌结尾两句中，诗人点明酬答白居易的题意，一改消沉的笔调，反过来劝勉白居易，说今天听到白居易为他吟诵的诗歌觉得非常宽慰，暂且举杯，借这一杯美酒振奋精神吧。这两句诗既点出酬答白居易的意思，同时也流露出诗人对美好生活的信心和投入新生活、积极进取的意志和决心。

知识链接

烂柯人王质遇仙的故事

晋朝时，信安郡有一座石宝山（在今浙江衢县），山上林木茂密，山谷云霭蒙蒙，紫雾缭绕，传说有不少仙人曾在这游玩修行。

一天，一个名为王质的樵夫到石宝山砍柴，正午时分，他见骄阳似火，暑热难挡，便进入一个山洞中歇息。进入洞中，他发现洞内宽敞，里面还有石桌石椅，两位鹤发童颜的老翁正下围棋。虽然王质是一个樵夫，但他有着很高的围棋造诣，通晓棋路，于是他就在旁边津津有味地看了起来。两位老翁边下棋边吃甜枣，偶尔也顺手递几个给王质吃，王质渴了，也会从旁边的泉中打水来喝。他就这样入迷地看着，不知过了多久，其中一位老翁提醒说：“你该回家了！”王质这才回过神来，准备下山回家。当他走到洞口时，却发现放在洞口的斧头已经锈蚀，斧柄早已烂尽。回到家乡时，他发现已是世事沧桑，和他同时代的人都去世了。原来，王质误入仙境，遇到了神仙，在仙界待了几天，可人间已经过去了几百年。后来，人们就将石宝山改为烂柯山，称王质为烂柯人。

韩愈《左迁至蓝关示侄孙湘》

唐朝时期，国家的统治者大多信奉佛教，元和十四年（819年）正月，唐宪宗命宦官“迎佛骨入大内”，并要求朝廷官民敬香礼拜。当时敢于直言进谏的韩愈极力劝阻皇帝不要盲目信佛，结果触怒唐宪宗，被贬为潮州（在今广东东部）刺史，并被勒令即日上路。

韩愈只得独自一人仓促上路，当走到蓝田关口时，他的侄孙——刚得知此消息的韩湘匆匆赶来，要陪他一程。韩愈感慨万千，写下这首诗，将之送给侄孙韩湘。

左迁①至蓝关②示侄孙湘

韩愈

一封朝奏九重天，夕贬潮阳路八千。
欲为圣朝除弊事③，肯将衰朽④惜残年！
云横秦岭⑤家何在？雪拥蓝关马不前。
知汝远来应有意，好收吾骨瘴江⑥边。

【注释】

①左迁：贬官。因古人以右贵左贱，故称贬官为左迁。
②蓝关：在今陕西蓝田县南，距长安不远。
③弊事：有害的事，诗中指“迎佛骨”事件。
④衰朽：老迈无能，这里是自谦的说法。
⑤秦岭：在蓝田县内东南，山高而陡。
⑥瘴江：此泛指南方多瘴气之水。

韩愈（768～824年），字退之，世称韩昌黎、韩文公等，唐河内河阳（今河南孟县）人，唐代著名诗人。他不仅诗文成就卓著，还是唐代古文运动的倡导者，有“文章巨公”和“百代文宗”之名，后人更将其列为“唐宋八大家”之首。其著名的诗歌主张有“以文为诗”、“文以载道”、“不平则鸣”等，著有《韩昌黎集》四十卷，《外集》十卷，《师说》等。

赏析

这是韩愈在接到贬谪潮州的命令后写给侄孙韩湘的一首诗，全诗融写景、叙事、抒情为一体，主要表现诗人愁苦悲戚的心情和对前程曲折的感慨，格调沉郁顿挫，是韩愈七言律诗中的杰作。

诗歌的前四句描写诗人被贬谪的经历和原因，其中充满愤慨和冤屈不满之情。在“一封朝奏九重天，夕贬潮阳路八千”两句中，诗人颇有气概地点明自己被贬的原因，原来这次被贬官是韩愈主动招来的。他只是因为直言进谏，说明信佛的坏处，希望皇帝能以天下苍生为重，结果却落得被贬潮州这一偏远地区的下场，诗人心中的冤屈和苦闷可想而知。诗歌的三、四两句意思是说诗人因为向替皇上除去有害的事而敢于直言进谏，他在当时并没有考虑到会有怎样的后果，而且他也认为，人不能因衰老就吝惜残余的生命。在这两句中，诗人陈述了自己的看法和议论，他认为自己谏言的行为是忠君爱国的表现，这表明诗人是一个正直不阿、富有胆识的人，为了国家和百姓的利益，他宁愿冒犯皇帝。

诗歌的后四句紧扣题目，道出诗人内心的苦闷和对前途曲折的担忧。诗人接到即日贬谪的命令，还来不及与亲人告别就仓促启程，难免觉得痛苦和担心；再加上这次被贬谪到偏远的地方，前途未卜，自己前途就像是“云横秦岭”、“雪拥蓝关”一样充满困难。想着自己建功立业的理想恐怕难再实现，诗人心中更添了一分悲凉，难免悲观失落，无奈发出“好收吾骨瘴江边”的感慨，流露出英雄的失路之悲。

知识链接

直言进谏的韩愈

韩愈不仅在文学上成就斐然，还是一位关心国事民生、有经世治国之才的朝廷官员。他在职期间，刚正不阿，敢于直言进谏。当时在位皇帝唐宪宗十分信佛，几乎达到痴迷的程度。有一次，他听说陕西凤翔的法门寺供奉着一根佛骨，是释迦牟尼佛留下的一节指骨，如果虔诚瞻仰和礼拜，能保佑国泰民安，风调雨顺。于是他命令亲信宦官杜英奇率领三十名宫女，手捧鲜花，到陕西凤翔迎取佛骨回宫。杜英奇借此机会大肆敛财，四处盘剥，百姓生活苦不堪言。

对于杜英奇的所作所为，朝廷中诸多官员都明哲保身，唯唯诺诺不敢上书直言。此时韩愈站了出来，写了一封名为《谏迎佛骨表》的奏折，陈述盲目信佛的危害，还说凡是信佛的王朝，寿命都不长。唐宪宗看到这个奏章，气得下令要处死韩愈。丞相裴度连忙替韩愈求情，其他一些官员得知后也来为韩愈求情，唐宪宗这才没杀韩愈，但下令把他降职到潮州去当刺史，当时韩愈已经五十一岁了。

赠友感怀诗

骆宾王《于易水送人一绝》

唐高宗仪凤三年（678年），当时正担任御史之职的骆宾王因为多次上疏皇帝议论政事，不小心触怒武后，被关入监牢，一年之后才遇赦出狱。对朝廷政治失望的他在出狱后决定奔赴幽燕一带，投身军营，报效国家。

在远行之前，有朋友在易水这个地方为他送行，骆宾王想起自己从前的人生际遇，有感而发，就写了这首诗歌送给朋友。

于易水①送人一绝

骆宾王

此地别燕丹②，壮士③发冲冠④。
昔时人已没，今日水犹寒。

【注释】

①易水：河流名，战国时燕国的南界，在今河北西部的易县境内。

②燕丹：指燕太子丹。

③壮士：指荆轲，战国末期卫国人，曾受燕太子丹之托刺杀秦王，后失败。

④发冲冠：头发上竖，把帽子都顶起来了，形容人极度愤怒。

赏析

这是诗人在易水告别友人时留下的一首诗歌，全诗抒写了诗人与友人分别时的感受，并借咏史以喻今，表现了诗人的远大抱负和豪迈气概。

诗歌的开篇以“此地别燕丹，壮士发冲冠”描述了战国时期燕国的太子丹为前去刺杀秦王的荆轲送行这一悲壮的送行场面。当年，荆轲奉命刺杀秦王，主持行动的燕太子丹就是在易水这个地方为他送行的。荆轲远赴秦国以完成自己的使命，在临行之时，他虎目圆瞪，怒发冲冠，高唱着“风萧萧兮易水寒，壮士一去兮不复还”的慨歌出发。因为与友人分别的地方恰在易水，诗人很容易就联想到这一悲壮的历史送行场面，并借用过来表现自己即将远行的蕴意，不仅十分贴切，而且还显示了诗人对荆轲的崇敬和仰慕，传达出诗人也渴望为国效力、成就功名的雄心壮志，同时也为全诗奠定了悲壮苍凉的感情基调。

在后两句诗中，诗人怀古伤今，抒写自己与友人分别时的感慨。“昔时人已没”说的是当年荆轲因以匕首行刺秦王没有成功，反而身遭杀害的事情，而第四句“今日水犹寒”抒写的则是自己在送别之时的感受和心情，这里古今对比，将昔日易水壮别和此刻易水送人融为一体，表现出丰富的情感，既是咏史又是抒怀，既有对英雄人物价值的肯定，也有对自身际遇的哀叹和不满；同时也表现了自己渴望像英雄一样建功立业的抱负和决心，蕴意丰富，令人回味。

知识链接

荆轲的故事

战国中后期，秦国的实力逐渐增强，秦国的国君打算消灭其他六国，统一天下。在消灭赵国后，秦军继续向北侵占土地，到达燕国南部的边界。

面对强大的秦军，燕国的太子丹非常担心国家的存亡，为了守卫自己的国家，他想出派武士刺杀秦王的办法。于是他四处悬赏，寻找能完成刺杀任务的武士，荆轲看到悬赏令后，自告奋勇，请命前往。

在一切准备妥当之后，荆轲踏上了前往刺杀秦王的征途。临行前，主持行动的燕国太子丹带着少数宾客，穿着白衣戴着白帽，在易水这个地方为荆轲送行。祭过路神之后，荆轲就要上路了，临行前，他和着节拍唱歌，众宾客都流着眼泪小声地哭，他见状，以高昂的声调唱着“风萧萧兮易水寒，壮士一去兮不复还”，并瞪圆双目，愤怒得头发直竖，把帽子都顶了起来。唱完之后，他上车离去，始终不曾回头看一眼。

到达秦国后，荆轲用计接近秦王并实施了自己的刺杀计划，但刺杀失败，荆轲也被杀了。

王勃《送杜少府之任蜀州》

王勃是“初唐四杰”之首，他出身书香世家，从小由家人悉心培养，年轻时就因其诗名而被提拔到朝廷为官，曾担任朝散郎、沛王府侍读等职。在长安为官期间，他喜欢结交朋友，常与当时的一些名士共同谈论诗文和国事。

有一次，他的一个朋友要到蜀州（在今四川崇州）担任县尉一职，王勃亲自前去送别，直到走出长安城外，两人还是不忍分别。怀着对朋友的深厚友情，王勃写下了这首诗。

送杜少府之任蜀州

王勃

城阙①辅三秦②，风烟望五津③。
与君离别意，同是宦游④人。
海内存知己，天涯若比邻。
无为⑤在歧路，儿女共沾巾⑥。

【注释】

①城阙（què）：皇宫门前的望楼，这里用来指代都城长安。
②三秦：这里泛指秦岭以北、函谷关以西的广大地区。
③五津：原本是指岷江的五个渡口，这里用来泛指蜀川。
④宦游：出外做官。
⑤无为：不要。
⑥沾巾：泪水沾湿衣服，这里指挥泪告别。

王勃（约649～676年），字子安，绛州龙门（今山西河津）人，是初唐时期著名的诗人，“初唐四杰”之一。他自幼才华出众，被人赞为神童，后又得到举荐，入朝为官，但其仕途很不顺利，几经贬谪。他在诗文创作方面颇有才华，但留传至今的仅有约八十多首诗歌、九十多篇赋和序、表、碑、颂等文，代表作有《送杜少府之任蜀州》、《滕王阁序》等。

赏析

这是诗人在送别友人时，为示劝勉而写的一首诗，全诗表现了诗人豁达的胸襟及朋友之间真挚、深厚的友谊。

诗歌开头两句直入主题，以雄浑的气势点明送别的地点和友人的去向。诗句的意思是说，古代三秦之地，拱护长安城垣宫阙；透过迷漫的风烟似乎能望见巴蜀的五大渡口。在长安城外，看着气象雄伟的城郭宫阙，即将分别的两人自然是恋恋不舍。此时诗人想着朋友就要到很远的地方做官去了，今后应该很难见面，心中不免生出几分惆怅。

“与君离别意，同是宦游人”既是诗人对友人的劝慰话，同时也将两人之间的情感共鸣写了出来，言下之意就是说自己和友人一样，都是离乡远游以求仕宦的人，尽管现在一个要去蜀州，一个留在长安，可此时两人的惜别之情是一样的，两人之间的情谊也不会因此而改变，这里显示出诗人诚恳的态度和朋友之间自然而真挚的深情。

“海内存知己，天涯若比邻”是全诗的点睛之笔，也是千百年来脍炙人口的名句。句子的意思是说，虽然现在两人就要分别，但也不必悲伤，因为知心的朋友，即使远隔天涯也像是近邻一样。诗人在此将淡淡的离别愁绪一笔撇开，而代之以对友人的安慰和鼓励，由此显示出与一般送别截然不同的情调，表现出诗人乐观的心态和宽广的胸襟，同时再次强调了两人之间的深厚友情。

在诗歌的最后两句中，诗人承接这层意思，劝勉友人不要在分别的岔路上因离别而感伤，而应该坦然面对，这样就使这首送别诗的整体基调由悲凉转向豪放和达观，立意新颖而深刻。

知识链接

王勃的生平经历

王勃出身书香世家，幼年时聪明好学，在很小的时候就已经表现出卓越的文学才华。十四岁时，他参加进士考试，并一举及第，此后其文学才华更是日益显露，因此成为当时非常有名的诗人，其与当时文学创作上颇有建树的杨炯、卢照邻、骆宾王齐名，并称为“初唐四杰”。然而尽管在文学上才华横溢，可王勃的仕途之路并不顺利。唐高宗乾封元年（666年），王勃被沛王李贤征为王府侍读，两年之后他因为写《檄（xí）英王鸡》一文而触怒高宗，被逐出朝廷。值得庆幸的是，生性豁达的王勃并没有因此而灰心丧气，随即出游巴蜀，一边纵情于祖国山水，一边吟诗作赋，写下不少名篇。

高宗咸亨三年（672年），王勃再次入仕，被任命为虢州参军一职。可在为官期间，他因擅自杀了仗势欺人的官奴而被捕入狱。本来应该判处死刑，后因为遇赦而捡回一条性命，再次被逐出朝廷，他的父亲也受到连累而被贬为交趾（中国古代地名，位于今越南）令。最终，王勃在南下探亲途中，不小心从船上落入水中，溺水惊悸而死。

李白《渡荆门送别》

李白很小的时候就随全家迁移到蜀郡绵州昌隆县（今四川省江油市青莲乡），并在四川度过了他的童年和少年时代，可以说他对于这里的山水和人们都着深厚的感情。唐玄宗开元十三年（725年），有着壮志豪情的李白为谋求发展，决心离开家乡，辞亲远游。

在这第一次远离家乡和亲人，准备为实现自己理想抱负而四处奔波的时候，李白心中对故乡十分不舍，怀着对故乡的真挚情感，他写下了这首诗。

渡荆门①送别

李白

渡远荆门外，来从楚国②游。
山随平野③尽，江入大荒④流。
月下飞天镜⑤，云生结海楼⑥。
仍怜故乡水，万里送行舟。

【注释】

①荆门：即荆门山，在今湖北宜都西北长江南岸。

②楚国：旧时的楚地，指今湖南、湖北一带。

③平野：平坦广阔的原野。

④大荒：广阔无际的田野。

⑤月下飞天镜：明月映入江水，如同飞下的天镜。

⑥云生结海楼：云彩升起，变幻无穷，结成了海市蜃楼。

赏析

这是李白离开四川准备远游时写的一首五言律诗，诗歌融写景和抒情于一体，表现了诗人对理想的向往和积极进取的精神，同时也含蓄地表达了诗人对故乡的惜别之情。

诗歌的前两句以叙事起笔，陈述诗人离开家乡，乘船渡过荆门，到古代楚地漫游的事实，为下文的描写和抒情奠定了基础，同时，从诗句中也可以看出诗人此次出门远游时兴致勃勃的心情。

在诗歌的三四句中，诗人以运动的视角，描写了自己坐在船上时所见到的景物变化：群山随着荒野的出现渐渐逝尽，长江进入莽原也缓缓而流。这组活动的画面给人以流动感与空间感，使原本静止的山仿佛也有了生命，显示出无限的活力。这里表面上是在写景，实际上却是融情于景，诗人将在船上所见的景物写得生动而富有活力，并且刻意营造出宏大的场面和高远的境界，实则蕴藏着喜悦快乐的心情和青春的蓬勃朝气。

从“月下飞天镜，云生结海楼”中可以看出，诗人的观察视角已经从周围转移到天空，他运用丰富的想象力，描绘了夜空神奇而美丽的景色：抬头遥看万里长空，只见那一轮明月，犹如天上飞下的明镜，照亮了大地。那飘荡在碧空的朵朵彩云，忽而散开，忽而连接在一起，在光线的作用下，构成壮观的海市蜃楼的幻影。通过对美景的描写，诗人将自己心中的好奇和初次远游的新鲜感含蓄地传达了出来。

诗歌的最后两句紧扣“送别”这一主题，但并不直接抒情，而是运用了拟人化手法，说“故乡水”也对自己怀有深情，不辞劳苦，为他送行，这种写法不仅达到了抒情的效果，同时还使诗句显得趣味盎然，富有韵味。

知识链接

海市蜃楼

海市蜃楼是一种因光的折射而形成的自然现象。地球上物体反射的光经大气折射，就会形成一些虚像，这就是人们常说的海市蜃楼。

海市蜃楼经常出现于平静的海面、宽广的江面和湖面、辽阔的沙漠和雪原等地，有时也会在戈壁、空中等地方出现，其本质是地球上物体反射的光经大气折射而形成的虚像，属于光学幻景。海市蜃楼根据出现的位置相对于原景物的方位，可以分为上蜃、下蜃和侧蜃，而根据颜色则可分为彩色的和非彩色的。通常来说，海市蜃楼的形成与地理位置、地球物理条件以及当地的气温条件等有关。比如，发生在沙漠里的海市蜃楼，就是太阳光遇到不同密度的空气而出现的折射现象。在沙漠中，白天太阳炙烤着沙石，沙层表面的气温迅速升高，导致上层空气密度高，下层空气密度低。在这种情况下，当太阳光从密度高的空气层进入密度低的空气层时，光的速度发生改变，经过大气的折射，便将远处的情景呈现在人们的眼前，由此产生诸多幻象。

李白《黄鹤楼送孟浩然之广陵》

李白一生交友甚广，他的朋友从达官显贵、著名诗人，到一般的平民百姓，几乎都有。李白通常能与各种朋友融洽相处，还与不少人建立了深厚的友谊，并留下许多见证友情的赠友诗、送别诗、酬答诗。

刚离开四川不久，李白就结识了诗人孟浩然。孟浩然比李白大十多岁，此时已经诗名满天下，而李白当时还是一个初出茅庐的年轻人，但两人志趣相投，很快就成了亲密好友。唐玄宗开元年间，孟浩然要到广陵去，李白在黄鹤楼为他送别，有感而发，写下了这首诗。

黄鹤楼送孟浩然之广陵

李白

故人[①]西辞黄鹤楼，烟花[②]三月下扬州。

孤帆远影碧空尽[③]，唯见[④]长江天际流。

【注释】

①故人：老朋友，这里指孟浩然。

②烟花：形容柳絮如烟、鲜花似锦的春天景物。

③尽：消失，没了。

④唯见：只看见。

赏析

这是李白在送别友人孟浩然时写的一首抒情短篇，全诗飘逸灵动，表达了诗人对友人的依依惜别之情，体现出朋友间的真挚友谊。

诗歌开头两句交代了送别的时间、地点和友人的目的地，“故人西辞黄鹤楼”一句不仅直接点明诗题，而且暗含着更深层的含义。黄鹤楼不仅是送别的地点，还是天下名胜。传说中黄鹤楼曾经是仙人飞天的地方，千百年来无数名人志士慕名前来观赏，留下许多与之有关的动人诗篇；此外，这里也是当时许多文人名士聚集的地方，由此就带出种种与送别地有关的富于诗意的生活内容，引人联想。

“烟花三月下扬州”一句清丽明快，点明友人离别的季节是繁花似锦的阳春三月，要去的地方是景色优美的扬州。以往的诗歌在写送别的时候总喜欢选取表达哀愁的意象，可诗人在此一反常调，选择了寓意美好而富有诗意的意象，将送别的场面描绘得诗意盎然，没有丝毫感伤情调。

在“孤帆远影碧空尽”中，诗人笔锋一转，又将观照的视野拉回离别场景，此时他目送航船远去，孤帆渐淡，友人慢慢消失在自己的视线中，惜别之情油然而生。

“唯见长江天际流”写友人乘坐的船已经消失在远方，可诗人还没有离开，此时他只看到长江水滚滚向前。诗人送别朋友，不是把朋友送上船就转身离开，而是一直目送友人乘船顺流东下，直至朋友乘坐的船走远了还不肯离去，由此反映其与朋友之间深厚而真挚的友情。同时，诗人在此以滚滚江水来象征他与友人的真挚情谊，江水是永远流不尽的，而他们之间的情意也如这长江水一样是说不完的。

知识链接

李白和孟浩然的友谊

李白一生交友无数，许多知名文人都与李白交好，如贺知章、王昌龄、孟浩然等。初次和孟浩然相识的时候，李白正值青春年少，诗歌创作还没有什么名气，而孟浩然则是人到中年，且在诗文创作方面已经名声在外。当时李白正生活在安陆，早已听闻孟浩然的名气，于是慕名专程前往鹿门山谒见。见面后，二人志趣相投，一见如故，很快就成为好朋友，于是两人相约一起到江夏（今武昌）漫游。在游历了大约一个多月的时候，孟浩然要去广陵办事，两人在黄鹤楼相别。李白在送行时，写下了脍炙人口的《黄鹤楼送孟浩然之广陵》一诗，谁知此次一别，两人各自奔忙，多年没有机会再见面。

大约在十年之后，李白和孟浩然再次相遇，两人又小聚了一段时间。在此期间，两人互相诉说离别之后的情况，畅谈诗歌、探讨时事，相处和谐友善。不久之后，两人又要分别，李白就写了《赠孟浩然》一诗，以表达自己对朋友的钦佩。

李白《赠汪伦》

李白是盛唐时期伟大的浪漫主义诗人，他一生曾有过很长一段时间的漫游经历。唐玄宗天宝十四年（755年），他游历到安徽泾县，因受汪伦的邀约而到桃花潭村做客，受到汪伦和当地乡亲们的热情款待。离开时，汪伦和当地人又以特别的方式为他送行，李白深受感动，写了《赠汪伦》这首诗。

赠汪伦[1]

李白

李白乘舟将[2]欲行，忽闻岸上踏歌[3]声。
桃花潭[4]水深千尺，不及[5]汪伦送我情。

【注释】

①汪伦：李白的朋友，李白在桃花潭受到他的热情招待。

②将：将要，正要。

③踏歌：民间的一种唱歌形式，一边唱歌，一边用脚踏地打拍子。

④桃花潭：在今安徽泾县西南。

⑤不及：不如。

赏析

这首诗歌篇幅虽小，但在我国古代的离别诗中非常有名，它摆脱常规离别诗中的离愁别恨情绪，显示出一种欢快、自由的情感，颇具艺术感染力。

诗歌的前两句叙事，诗人登上岸边的小船即将沿着水路出发，忽然听到岸边传来节奏感很强的、和着脚步的歌声。“乘舟”表明诗人是循水道走的，“将欲行”意思是说船即将出发了，而“忽闻”则与前面的“将欲”相照应，写出诗人的惊喜，也许汪伦在李白离开之前已经说明因事不能前来送行了，可此时他居然以这样与众不同的方式出现，这不禁令诗人激动万分。这两句诗形象地描绘出一幅特殊的送别场面，虽然“只闻其声而不见其人”，但来送别的人已经呼之欲出，从诗中完全可以想象出村民们踏地为节拍，边走边唱前来送行的场面。

诗的后两句侧重于抒情，描写的笔触也由前面的写实转向对虚景的描写，诗人先运用夸张的手法极言桃花潭的水很深。“桃花潭”点明送行的地点，“深千尺”既描绘了桃花潭的自然特性，又为下文的抒情做好了铺垫。紧接着，诗人将水的深度和汪伦送客的情谊相对比，使水深与情深自然地联系起来，突显了二人之间情谊的深厚，有了“深千尺”的桃花潭水作参照物，就把无形的情谊化为有形，既形象生动，又耐人寻味。

知识链接

李白游桃花潭

李白生平十分喜欢游山玩水，一次，他游历到安徽省境内距离桃花潭不远的地方。隐居于此的汪伦十分仰慕李白的才华，于是给他写了一封饱含深情的邀请信："听说先生喜欢游玩，我们这里有十里桃花；听说先生喜欢饮酒，我们这里有万家酒楼，先生何不来此一游？"

李白接到信后欣然前往。在村庄中，他受到村民们的热烈欢迎和汪伦的热情款待，但过了好几天，他仍没有见到信中所说的十里桃花和万家酒楼。一天他在谈笑中问及此事，汪伦听后，哈哈大笑："这里的十里桃花就是十里桃花潭水，万家酒楼就是一个姓万的人家开的酒楼。"李白恍然大悟，不禁大笑。李白在村庄中居住了几天，与汪伦结下深厚的友谊。

几天后，李白即将离开，汪伦本来因事不能相送，但最后还是设法赶来，而且安排当地的村民们一边用脚踏着节奏，一边高唱送别的小调来欢送李白。李白非常感动，便写了《赠汪伦》这首诗。

李白《送友人》

李白年轻时就有着游侠情结，从二十岁起开始四处漫游，到过很多地方，也结交了不少朋友。他生性放荡不羁，有侠肝义胆，所以不管在什么样的环境中，都能自得其乐，找寻到知己。

在李白的朋友中，不仅有当时著名的诗人、达官贵族，也有很多至今已无法考证的平民百姓，这首《送友人》就是李白送别一位好朋友时写下的诗篇，尽管这位友人姓名不详，但从诗中可以看出两人之间的感情非常深厚。

送友人

李白

青山横北郭①，白水②绕东城。
此地一为别，孤蓬③万里征。
浮云游子意，落日故人情。
挥手自兹去④，萧萧班马⑤鸣。

【注释】

①郭：古代在城外修筑的一种外墙。

②白水：干净而透明的水。

③孤蓬：一种植物，枯萎后根断，常随风飞旋，这里用于比喻孤身远行的朋友。

④自兹去：从此离开。兹，现在。

⑤班马：离群的马。

赏析

这首五言律诗是李白送别诗中的佳作之一，全诗以优美的语句传达出诗人送别友人时的依依不舍，表现了朋友之间真挚而深厚的友情。

“青山横北郭，白水绕东城”两句点明送别的地点，并勾勒出送别时的场景：当时诗人已经送朋友来到城外，环顾四周，青翠的高山横亘在外城的北面，江水绕着城东缓缓而过，可诗人和朋友仍旧有说不完的话，不忍分别。在这两句诗中，诗人运用工整的对仗，以“青山”对“白水”、“北郭”对“东城”，既使诗句显得整齐而有气势，渲染了自然环境的优美，又以美景反衬出两人离别时的不舍和心中的惆怅。

诗歌的三四句笔锋一转，由自然场景写到离别时的深情，突出对友人的不舍。诗人想着这次与朋友分别之后，大家可能会四处漂泊，就像是随风而飞的蓬草，两人不知什么时候才能再次见面，心中不禁泛起淡淡的哀愁，同时也充满对友人漂泊生涯的关怀。在这两句中，诗人有意打破开篇所营造的诗情画意的美景，重点突出了离别的惆怅之情。

诗歌的五六句“浮云游子意，落日故人情”紧承前两句，同时在情感上又有所升华。诗人在此巧妙地以“浮云”对“落日”，以“游子意”对 “故人情”，形象地传达了自己的心意；“浮云”的飘浮，象征着友人的行踪不定，而“落日”的徐徐西下则暗示着即将分别的场景，由此也传达出诗人对朋友的依依惜别之情。

诗歌的最后两句描写分离时的场景，虽然诗人没有直接点明此时内心的感受，但通过挥手告别的动作和马的嘶鸣声，一切都十分明了了。

知识链接

李白交友逸事

李白为人豪放，喜欢四处漫游和结交朋友。在少年时，他崇尚道教，喜游侠，因此经常到山林中找道观的道士谈论道经，也因此结识了隐士东岩子，二人一见如故，结为朋友，并一起隐逸于岷山。在此期间，他与东岩子谈诗论道，也饲养了不少珍禽奇鸟。因为长期相处，这些鸟儿并不害怕李白及东岩子，还把他们当成朋友，经常在他们周围飞来飞去，有时甚至会在他们的手中啄食。这件事慢慢传开，成为当地的奇闻，甚至连绵州刺史也亲自到山中来看李白和鸟儿们。

后来，李白怀着建功立业的理想离开家乡，开始四处漫游，与他同行的是蜀地认识的好朋友吴指南。然而正当二人游历到洞庭湖一带的时候，发生了一件不幸的事情，吴指南暴病身亡。李白悲痛万分，伏在朋友的身边号啕大哭，因为哭声凄厉，路人听到后都为之伤心落泪。后来，李白无奈地将好友吴指南葬于洞庭湖边，决定自己东游归来时再到此搬运朋友的尸骨回乡。

李白《宣州谢朓楼饯别校书叔云》

唐玄宗天宝元年（742年），李白怀着远大的政治理想来到长安，并在朋友的帮助下入朝为官。然而他在两年之后就因为遭到排挤而被驱逐出长安，内心十分愤慨，再次开始了漫游生活。

天宝十二年（753年）的秋天，李白游历到宣州，他的族叔——时任校书郎的李云此时将要离去，李白前去送行，临行前，他写下了这首诗。

宣州谢朓楼饯别校书叔云

李白

弃我去者，昨日之日不可留；
乱我心者，今日之日多烦忧。
长风万里送秋雁，对此可以酣高楼①。
蓬莱文章建安骨，中间小谢②又清发。
俱怀逸兴③壮思④飞，欲上青天揽⑤明月。
抽刀断水水更流，举杯销⑥愁愁更愁。
人生在世不称意，明朝散发弄扁舟⑦。

【注释】

①酣（hān）高楼：畅饮于高楼。
②小谢：指谢朓（tiǎo），南朝齐诗人，其诗风清新俊逸。
③逸兴：飘逸豪放的兴致，多指山水游兴。
④壮思：雄心壮志。
⑤揽：摘取。
⑥销：消除。
⑦明朝散发弄扁舟：指辞去官职，隐逸于江湖。

赏析

这是李白为饯别族叔李云而写的诗歌，虽然说是送别诗，但诗中并不直言离别，而是重笔抒发自己怀才不遇的愤懑，以表达内心的苦闷和抑郁之情。

诗歌的前两句看起来很突兀，并不描写与送别相关的场景和事情，而是直接抒发自己内心的感受。这两句所表达的主要意思为，随着时光飞逝自己却一无所成，感到心烦意乱，焦虑不安。之所以在为人送行时发出这样的牢骚话，足以看出李白当时的心情已经苦闷至极，不知用什么方式来发泄，只能在这时爆发出来。

在“长风万里送秋雁，对此可以酣高楼”中，李白突然转折，由前面的沉郁情感转向景色描写。当面对明净的天空，看着万里长风吹送鸿雁的壮美场景时，内心的激愤消失了，而代之以酣饮高楼的豪情和兴致，由此反映出其豁达的心胸和豪迈的情怀。

接下来，在“蓬莱文章建安骨，中间小谢又清发”两句中，李白借东汉建安年间至唐代的文学概况，总结李云和自己的创作风格，既赞美李云的文章风格刚健，又说自己的诗像谢朓的作品那样，具有清新秀发的风格，由此显示出诗人对自己才能的自信。紧接着李白进一步渲染双方的意兴，说彼此都怀有豪情逸兴、雄心壮志，想登上青天揽取明月，由此表现出对理想的追求和豪迈的气概。

在诗歌的最后四句中，李白回到现实，抒写了在现实中强烈的苦闷和壮志难酬的感慨，更显示出一种反抗精神，读来令人动容。

知识链接

何谓“蓬莱文章”、“建安骨”

蓬莱本是传说中的仙山，多藏宝典秘录，东汉时人们称国家藏书处为蓬莱山。李白在这里是用“蓬莱文章”代指汉代的文章，而其中最有特色的当属汉赋。赋是两汉时期盛行的一种文学体裁，它是从骚体诗演变而来的散文和韵文并用的文体。汉赋的主要特点是篇幅较长，题材庞大，讲究韵律和文采，喜欢堆砌词语，好用难字，极尽铺陈排比之能事；句式上以四言、六言为主，但也有五言、七言或更长的句子。

建安骨是指汉魏之际曹氏父子、建安七子等人诗文的俊爽刚健风格。建安是汉献帝的年号，文学史上的建安时期，是指建安至魏初的一段时间，这一时期涌现出“三曹”（曹操、曹丕、曹植）、“七子”（孔融、陈琳、王粲、徐干、阮瑀、应玚、刘桢）等著名文学家。他们继承了汉乐府民歌的现实主义传统，在文学创作中注重作品的内容和情感表现，风格上以风骨遒劲而著称，并具有慷慨悲凉的阳刚之气，形成了独具特色的“建安风骨”。

李白《闻王昌龄左迁龙标遥有此寄》

李白一生游历了很多地方，结识了不少志同道合的朋友，诗人王昌龄就是其好友之一。

天宝初年，李白在长安任翰林供奉时，与王昌龄交往甚笃，结下了深厚的友谊。后来，李白因被排挤而离开长安，重新开始其四处漫游的生活，王昌龄则继续在朝中为官。天宝七八年间，正在扬州游历的李白得知好友王昌龄被贬为龙标尉，而自己相隔甚远不能送别，遗憾之际，便做诗一首，来寄托对远方朋友的关心与慰藉。

闻王昌龄左迁龙标①遥有此寄

李白

杨花落尽子规②啼，闻道龙标过五溪③。
我寄愁心与明月，随风直到夜郎④西。

【注释】

①龙标：唐代县名，在今湖南黔（qián）阳县，唐时算是偏远之地。
②子规：杜鹃，其啼声哀婉凄切。
③五溪：唐代地名，即辰溪、酉溪、巫溪、武溪、沅溪，在今湖南西部和贵州东部。
④夜郎：唐代地名，在今湖南沅陵县等地。

赏析

这首抒情短诗是李白听到好友王昌龄被贬谪的消息之后所写的，全诗洋溢着他对友人的同情和深切关心，同时表现了朋友之间的深厚友谊。

诗歌的首句点明写诗的时令，同时含蓄地表达了自己内心的感伤之情。“杨花落尽”表明时间应该是在五月，这正是百花凋零、绿肥红瘦的暮春时节；“子规啼”是说杜鹃在鸣叫，杜鹃相传是周朝末年蜀地君主死后所化，啼叫声悲苦凄切。暮春时节本就是一个容易引发人愁思的季节，再加上李白在此选取了蕴涵漂泊不定寓意的“杨花”和能引起人们无限哀思的“子规啼”这两种意象，从而渲染出一种哀伤愁苦的氛围，奠定了全诗的感情基调。

在“闻道龙标过五溪”中，李白交代了具体的事由，即自己的感慨是因为听到友人被贬谪而抒发的。“闻道”表明自己听到这个消息后觉得非常惋惜；“龙标”是地名，当时王昌龄是被贬为龙标尉，要到此为官；“过五溪”则是极言迁谪之地的荒远、道路的艰难。在这里，李白虽然没有直接表明自己的惋惜和悲痛，但其情感已经深含在诗句中了。

诗歌的后两句直接抒情，李白以月寄友，希望月亮能给友人带去自己的关怀，陪伴友人。在这两句诗歌中，李白以皎洁的月亮象征自己与朋友深厚而真挚的友谊，通过以月寄友的方式表达出自己对友人的牵挂和深切的同情。而且，因为有了明月的陪伴和朋友的问候，诗歌的结尾并不显得伤感，而是带着隐隐的温暖和希望。

知识链接

李白和王昌龄

李白和王昌龄年纪相仿，但因为两人的家庭背景很不一样，他们的人生道路和写诗风格差别明显。李白出身名门，自幼家庭富裕，从来不用为生计发愁，这使得李白在为人处世方面豁达而不拘小节，颇富浪漫主义色彩，所以李白在一生中，时常四处漫游，任侠尚仙。而王昌龄则出生于清贫家庭，自幼生活艰辛，通过数十年寒窗苦读才得以考中进士，踏上仕途，这样的生活经历磨炼了他的意志，也导致其经常因为现实的不得志而发出无奈的感慨。

虽然在诗风和性格等方面有着诸多不同，但两人同样真诚耿直，热衷于文学创作，是当时享有盛名的诗人，且有着一些相同的政治观，如对于朝中黑暗和腐败的不满、对于宦海沉浮的悲愤等，所以他们在相识之后便一见如故，成为很好的朋友。二人在长安期间，常与其他文人一起饮酒写诗，相聚畅谈，友谊日渐笃厚。后来，李白因为得罪权贵而被贬出朝廷，而王昌龄继续在朝为官，两人仍时常酬诗唱和，倾诉友情。

杜甫《短歌行赠王郎司直》

《短歌行》原本是乐府旧题，因歌声短促而得名。在汉代以后，不少诗人都以此为题创作了很多作品，杜甫的这首赠友感怀诗是其中较为有名的一首。

唐代宗大历三年（768年）春天，仍流亡于四川的杜甫一家从夔州出三峡，到达江陵。在这年春天即将过去的时候，杜甫即景生情，写了这一作品赠送给自己的朋友。

短歌行赠王郎司直①

杜甫

王郎酒酣拔剑斫地②歌莫哀！
我能拔尔抑塞磊落③之奇才。
豫章翻风白日动，
鲸鱼跋浪沧溟④开。
且脱佩剑休徘徊。
西得诸侯棹锦水，
欲向何门趿珠履⑤？
仲宣楼头春色深，
青眼高歌望吾子。
眼中之人吾老矣！

【注释】

①司直：负责督察京城百官的官员。
②斫（zhuó）地：砍地，表示愤激。
③磊落：胸怀广阔。
④沧溟（míng）：大海。
⑤趿（tā）珠履：穿上装饰着明珠的鞋，形容享有高官厚禄。

赏析

这是杜甫赠与一个王姓朋友的诗，作品赞美王郎的才华和能力，表达了对朋友的劝慰，也流露出诗人的豁达情怀和对自己年老无为的感慨。

这首诗共抒发了两层意思，前五句为第一层，后五句为第二层。第一层主要写诗人对王郎的劝勉和安慰。前两句的意思是说，王郎在江陵不得志，趁着酒兴正浓，拔剑起舞，非常悲愤地唱着歌。诗人看到这种情景，得知王郎当时正要西行入蜀，去投奔地方长官，觉得自己曾久居四川，应该可以替王郎推荐，于是就说自己可以把王郎这个俊伟不凡的奇才从压抑中推举出来。在接下来的三句中，诗人以奇特的比喻赞美王郎的才华，并劝他不要悲哀。“豫章翻风白日动”说豫、章的枝叶在大风中摇动时，可以动摇太阳，用于形容树高；“鲸鱼跋浪沧溟开”是说鲸鱼在海浪中纵游时可以使苍茫大海翻腾起来，用于形容鱼大。这两句的用意在于极力突出王郎的杰出才能。“且脱佩剑休徘徊”一句则是对王郎的劝慰之语。

第二层主要抒发诗人对王郎的赞美之情，并涤化了送行的主题。诗人先是说明以王郎的才华，这次去四川一定能得到蜀中大官的赏识，并询问他想要投奔哪一位地方长官。紧接着，诗人运用王粲到荆州投靠刘表，作《登楼赋》，后梁时高季兴在江陵建仲宣楼的历史典故，意在表明王郎终究能得到赏识，从而一展抱负。此后，诗人又将描写的笔触转向现实，写自己在春末时送别王郎，在送别时用钦佩的眼光望着他，并以高升寄予厚望，希望他入蜀后能够施展才能。在最后一句中，诗人由人及己，在劝勉王郎及时努力的同时，也抒发了自己衰老无为的感慨。

知识链接

王粲及其《登楼赋》

王粲（177～217年），字仲宣，山阳高平（今山东微山）人，三国时曹魏的名臣，也是历史上著名的文学家。他在文学创作方面卓越不凡，其创作的《登楼赋》非常有名，千百年来一直被后人传诵，经久不衰。

王粲其貌不扬，长相甚至可以说有些丑陋，而且从小身体就比较虚弱，看起来一副弱不禁风的样子；但他天资极高，博学多才，尤其擅长文学创作，因而在年轻时，他已经远近闻名。在他十七岁时，东汉朝廷想征召他为黄门侍郎，可王粲委婉地拒绝了。之后为躲避战乱，他前往荆州投奔刘表，进入刘表幕府工作。然而刘表以貌取人，看到王粲长相不佳且身体很弱，所以并不重用他。王粲在荆州待了十余年，始终得不到刘表的赏识和重用，于是怀着极度复杂的心情，写下《登楼赋》这一传诵千古的名篇，作品既表达其思乡之情，更暗示出壮志未酬、理想难以实现的苦闷和不平，极具感染力。

在刘表死后，王粲成功劝服刘表次子刘琮归降于曹操，因而受到曹操的重用，官运亨通，不断升迁。

孟浩然《望洞庭湖赠张丞相》

孟浩然是唐朝时期有名的诗人，他出生于襄州襄阳（今湖北襄阳），前半生的时光主要是在家乡读书求知和侍奉双亲；也曾经在鹿门山隐居，写下不少赞美田园风光、抒写隐逸生活的诗歌。

唐玄宗开元二十一年（733年），当时已经四十五岁的孟浩然西游长安，想要考取功名，实现自己的政治理想。因为地位卑微且没有名气，他十分渴望能得到社会名流和朝廷官员的推荐，于是写了这首诗，赠送给当时的宰相张九龄，希望能得到赏识和器重。

望洞庭湖赠张丞相①

孟浩然

八月湖水平，涵虚混太清②。
气蒸云梦泽③，波撼岳阳城。
欲济④无舟楫，端居耻圣明⑤。
坐观垂钓者，徒有羡鱼情。

【注释】

①张丞相：指张九龄，其在唐玄宗时期曾任宰相。

②涵虚混太清：（湖水）包含天空，这里是指天空倒映在水中，与湖水浑然一体。涵，包容，包含。虚，虚空，空间。太清，指天空。

③云梦泽：湖北江汉平原上的古湖泊群的总称，洞庭湖是它南部的一角。

④济：渡，渡过。

⑤耻（chǐ）圣明：有愧于圣明之世。圣明，指太平盛世。

赏析

这是一首干谒（yè）求进（指请别的官员推荐其做官）诗，意在得到在朝宰相张九龄的赏识和推荐，全诗表现了诗人的壮志豪情和有志难酬、不得已而为之的难言之情。

诗歌以洞庭湖为切入点，前两句描写洞庭湖全景，表现出其雄浑壮阔的气势。诗句的字面意思是说，在秋高气爽的八月，湖水上涨，与岸齐平，倒映在水里的天与天空相联结。这里通过对浩阔无垠的湖水、辽阔的天空、水天浑然一体等意象的描写，营造了一幅宽广而深远的意境。

“气蒸云梦泽，波撼岳阳城”两句以工整的对仗句写出湖水的浩大声势，表现出水汽蒸腾着古云梦泽，波涛摇撼着岳阳城的场景。在前四句诗歌中，诗人抓住洞庭湖八月水势大的特点，极力表现洞庭湖水流光涌的气势。这不仅是为了描写洞庭美景，更主要是为了渲染氛围并为下文的抒情做好铺垫，这样宏大的场面更能突显诗人的豪情壮志和宽广胸怀。

诗歌的后四句由写景转入抒情，表达出诗人渴望报效祖国却没有途径，希望得到张丞相的赏识和推荐，从而一展抱负的心情。诗人以“无舟楫”喻指自己想要为国效力，却苦于没有机会；紧接着以“耻”字，写诗人为自己至今没有功名，仍然隐居的现实感到担忧和惭愧，言下之意是说自己非常希望被荐举入仕。在结尾两句中，诗人化用“临渊羡鱼不如退而结网”的典故，更加明确地表明自己渴望得到引荐而入朝为官的心愿，同时也将诗人那种急切却难以启齿的复杂心情传达了出来。

知识链接

临渊羡鱼不如退而结网

“临渊羡鱼不如退而结网”的出处是《史记·汉书·董仲舒传》一篇，书中原话是这样的：“故汉得天下以来，常欲治而至今不可善治者，失之于当更化而不更化也。古人有言曰：‘临渊羡鱼，不如退而结网。’”在这里，汉代大儒董仲舒告诫国家统治者，要想治理好国家，必须抓住观念、制度这个根本，如果没有在观念上、制度上作出必要的改革和调整，是很难达到良好的效果的。

从字面上来看，这句话的意思是说：与其站在河塘边，看着鱼儿在水中欢快地游来游去，幻想着鱼儿到手后的场景，还不如回去下工夫结出一张渔网以捕鱼，让愿望实现。后来人们常用它说明徒有愿望，不如动手去干实在的道理。因为有明确的目标固然重要，但如果没有实现这一目标的必要手段，一切都将是空幻和不切实际的。从这个层面上来说，行动更为实际和重要。

王维《送元二使安西》

王维是唐朝时期有名的才子，他不仅在诗文方面成就斐然，还精通书画和音乐，也因此结识了不少志趣相投的朋友，元二就是其中一个。

一年，元二接到朝廷调令，要远赴安西都护府任职，王维在渭城为他送别。送别时，想到朋友就要去往西北边疆，从此见面的机会大大减少，王维不禁百感交集，便写下了这首送别诗。后来这首诗被谱入乐曲，称为《渭城曲》、《阳关曲》或《阳关三叠》，在当时广为流传。

送元二①使安西②

王维

渭城朝雨浥③轻尘，客舍青青柳色新④。

劝君更⑤尽一杯酒，西出阳关⑥无故人。

【注释】

①元二：指作者的友人元常，因其在兄弟中排行老二，故称“元二”。

②使安西：出使安西，到安西去。安西，唐代为统辖西域地区而设的安西都护府的简称。

③浥（yì）：沾湿，湿润。

④新：刚长出来的，嫩绿的。

⑤更尽：再喝完。

⑥阳关：汉朝设置的边关名，故址在今甘肃敦煌县西南，是古时出塞的必经关口。

王维（701～761年），字摩诘（jié），人称诗佛，唐代著名诗人。他精通佛学，思想上受禅宗的影响颇大，一生曾任太乐丞、右拾遗、荆州长史等职。他在诗文、书法、绘画、音乐等方面均卓有成就，是“山水田园诗派”的代表人物之一，代表作为《鸟鸣涧》、《山居秋暝》等，至今有《王摩诘文集》传世。

赏析

这是一首脍炙人口的送别诗，全诗借助时空的转换，营造了独具特色的惜别氛围，表现朋友之间的深厚友情。

诗歌的前两句点明送别的时间、地点和环境气氛，虽然描绘的只是常见的景色，但充满着诗情画意。“渭城”即秦都咸阳故城，在长安西北，渭水北岸，这是送别的地点；“朝”点明送别的时间是在早晨；“朝雨浥轻尘”表明早上刚下过雨，尘土被润湿了。这种朝雨乍停的场景很容易让人想到清新的空气、洁净的道路和舒畅的心情，诗句以清新自然的笔调烘托出了良好的环境氛围。

在“客舍青青柳色新”一句中，诗人接着描写周围的环境。诗句的意思是，清晨雨后，青砖绿瓦的旅店和周围的柳树都显得格外清新。表面上看，这里还是写景，实际上，诗人的用意却是融情于景，以景写情。客舍，是出门在外的人居住的地方；杨柳，是离别的象征。诗人在此选取这两种意象，意在点明送别的主题，同时也流露出他对朋友的不舍和真情。

“劝君更尽一杯酒，西出阳关无故人”两句中，诗人通过临行劝酒这一举动寄寓了对朋友的深切关心和真诚情谊。想着朋友将要到西域去，路途遥远，其中的艰辛和可能面临的寂寞可想而知，诗人虽然舍不得与朋友分离，但又无可奈何，所以只能以劝酒来为朋友饯行。诗人的劝酒不仅包含着对友人的依依惜别之情，还有对远行者处境、心情的深情体贴，以及对友人前路珍重的深情祝愿。

知识链接

多才多艺的王维

王维不仅在诗歌创作上成就斐然，而且在书画、音乐等艺术方面也颇有建树。关于他的中举，民间还流传着一个有趣的故事。

相传当时曾有一个名叫张九皋的文人为在考试中夺得头名而奉承讨好公主，公主也因此授意给京城的主考官，在考试时多多关照张九皋。这一年，王维正好也要参加进士考试，所以他找到岐王，希望能得到岐王推荐。岐王非常赏识王维的才华，但因为事先知道公主有意提拔张九皋的事情，也深知自己的权势不及公主，就将事情告诉了王维，让他凭借其才华取悦公主，以期得到公主的推荐。在一切准备妥当之后，岐王让王维穿上华丽的衣服，带着琵琶，陪同自己一起到公主宅第赴宴。到府之后，岐王借机让王维展示他的音乐和诗词才华，公主看过他的诗歌后惊叹不已。后来公主见王维言谈举止优雅得体，才华横溢，对他更加钦佩和赞赏起来。岐王见时机成熟便说：“不知道凭他这样的能力和才华能否在进士考试中及第呢？”公主说：“如果去的话应该可以，我愿意亲自写信向主考官推荐。”就这样，王维因多才多艺而得到公主的赏识和推荐。

韦应物《寄李儋元锡》

韦应物是中唐时期艺术成就较高的诗人之一，也是朝廷官员。在长安为官期间，他与李儋、刘太真等人结下深厚的友谊，后来，他被排挤出长安到地方任职。

唐德宗建中四年（783年）的暮春入夏时节，他从尚书比部员外郎调任滁州刺史。在上任之后，看到国家衰败、朝政紊乱和人民疾苦的现状，他的内心十分痛苦。一天他有感而发，写下这首诗歌，寄给自己的好朋友李儋。

寄李儋①元锡

韦应物

去年花里逢君别，今日花开又一年。

世事茫茫难自料，春愁黯黯②独成眠。

身多疾病思田里③，邑有流亡愧俸钱。

闻道欲来相问讯④，西楼望月几回圆。

【注释】

①李儋（dān）：字元锡，武威（今属甘肃）人，诗人的朋友。

②黯黯：低沉暗淡，形容情绪不佳。

③思田里：想念田园乡里，即想到归隐。

④问讯：探望。

韦应物（737～792年），长安（今陕西西安）人，一说京兆万年人，因做过苏州刺史，世称韦苏州，唐代诗人。他早年豪放不羁，安史之乱后始立志读书，一生曾任比部员外郎、滁州刺史、苏州刺史等职，其诗风恬淡高远，以善于写景和描写隐逸生活著称，今传有《韦江州集》、《韦苏州诗集》等。

赏析

这是韦应物写给自己的好友李儋的诗歌。诗歌在物是人非的景物对比中，突出了对友人的思念和对政局动荡的忧虑，表现出朋友之间的深厚情谊和诗人对国事民生的关心。

诗歌的前两句中，诗人回忆了与友人分别时的情景：在春花烂漫的长安，诗人和朋友曾愉快地聚在一起；而如今，花仍然在开，人已经分别两地了。诗句不仅写出诗人对时光飞逝的感慨，更通过今昔对比，以强烈的反差暗示诗人在分别之后过得并不好的现实，从而突出了世事变化的沧桑感，奠定了全诗的情感基调。

诗歌的三四句直接抒写诗人内心的烦恼和苦闷。在国家政治腐败、战火纷飞的背景下，诗人对国家的前途十分担忧，对自己的命运感到茫然，同时因为是独自在外，没有家人和朋友的消息，诗人感到非常孤独和愁苦。在这两句诗中，诗人将对自己和国家命运的关心、对家人和朋友的思念结合在了一起，传达出浓厚的忧国之思、忧己之愁和思乡之情。

“身多疾病思田里，邑有流亡愧俸钱”两句中，诗人具体写了自己的思想矛盾，表达了既想辞官回归故里、隐居乡间，又想勤政爱民、为国效力的复杂心情，由此显示诗人内心的矛盾和愁苦。而在诗歌的最后两句中，诗人以期盼作结。本来为自己和国家的前途而倍感担忧的诗人听说老朋友想来滁州探望自己，自然欣喜万分，急切盼望着朋友的到来，一诉衷肠。诗句在字里行间，都流露出诗人急切的心情，同时也显示出其对友人的思念和朋友间的深厚友谊。

知识链接

韦应物生平

韦应物出身官宦世家，家中颇有权势，因此他小时候为人骄横，性格放荡不羁。大约在十五岁的时候，他做了皇宫侍卫，生活丰裕而惬意。安史之乱爆发后，他流落失职，后又重新入朝为官。他先后担任过洛阳丞、京兆府功曹参军、比部员外郎、滁州刺史、左司郎中、苏州刺史等职。

唐肃宗广德二年（764年）之后的近三十年时间内，韦应物的仕宦之路突然坎坷起来，除了少部分时间在长安为官，其余时候他都被安排到地方做官，其中也有一段时间是赋闲在家的。然而，不管是在京城还是在地方为官，韦应物时时恪守职责。他勤政爱民，当百姓生活疾苦的时候他常常会反躬自责，为自己没有尽到责任空费俸禄而自愧。但由于他所生活的年代朝政日渐腐败，官员中结党营私的现象比较严重，所以尽管他在做地方官时很有政绩，却仍没有得到提拔，反而一再遭到排挤和打击。到晚年的时候他一贫如洗，没有再得到回京城的机会，常年寄居于苏州无定寺，不久就客死他乡。

高适《别董大（其一）》

高适是唐朝时期的诗人，他也和李白一样，有着广泛的交游经历。在交游过程中，机缘巧合，他认识了长安城中的乐师董庭兰。二人一见如故，很快结为朋友，但不久之后，两人为了生计不得不各自奔波。

唐玄宗天宝六年（747年），两人重逢于睢阳。可过了几天，董庭兰又要离开，诗人有感而发，写下此诗。

别董大①（其一）

高适

千里黄云②白日曛③，北风吹雁雪纷纷。
莫愁④前路无知己，天下谁人⑤不识君？

【注释】

①董大：指董庭兰，因其在兄弟中排名第一，故称“董大”。
②黄云：黄色的云气。一说是乌云。
③曛（xūn）：昏暗，这里主要形容太阳暗淡无光的样子。
④莫愁：请不要忧愁。
⑤谁人：哪个人。

高适（700～765年），字达夫，一字仲武，沧州渤海（今河北景县）人，唐代边塞诗人，因为曾经担任过散骑常侍一职，世人也称其为高常侍。他还担任过侍御史、谏议大夫等职。其诗笔力雄健，气势奔放，以七言歌行最富特色，诗歌内容大多写边塞生活，代表作有《燕歌行》、《别董大》等，作品收录于《高常侍集》。

赏析

这是高适写给友人的赠别之作，虽然表现的主题是与朋友分别，但全诗的格调非常明快豪迈。诗中既表现了对朋友的依依惜别之情，又以满怀豪情的笔墨表达了对友人的鼓励，并流露出朋友之间真挚而深厚的情感。

“千里黄云白日曛，北风吹雁雪纷纷”主要描写送别时的场景：北风呼啸着卷起黄沙，天上的阴云将原本明媚耀眼的太阳遮住了，天空暗淡无光；大雪纷纷扬扬地飘落着，成群结队的大雁依然顶着呼啸的北风向南飞去。诗人通过对恶劣环境的描写渲染出一个荒凉、凄寒的送别背景。在这样的环境中送别友人，不禁让人联想到，本来满怀壮志豪情的诗人和这样一位身怀绝技的音乐家居然沦落到无人赏识的地步，其心中该是多么惆怅和伤感。通过环境的渲染，诗人将原本隐藏在内心的情感传达了出来。

在“莫愁前路无知己，天下谁人不识君”两句中，诗人笔锋一转，由写景转向劝慰友人。诗人告诉朋友不要担心遇不到知己，天下哪个人不知道你董庭兰啊！这样响亮的话语显示出一种信心和力量。实际上，这句话既是诗人对朋友的劝勉和安慰，同时也是说给自己，他相信只要经过奋斗和努力，自己和朋友一定能够实现理想抱负，成就一番事业。在此，诗人并没有接着抒发离情别绪，没有继续诉说自己内心凄切而难舍的感情，而是以这样的劝慰语句传达出一种乐观豁达、积极向上的进取精神。

知识链接

高适和董庭兰

高适少年孤贫，经常为了生计四处奔波，但是生性豪放豁达的他并没有因此而感到沮丧，反而喜欢四处游历，颇有游侠之风。和唐朝时期的众多文人一样，他饱读诗书，也渴望着建功立业，以实现自己的政治理想，但由于时运不济，他时常处于贫困的境遇之中。他先是因为看不惯尔虞我诈的官场之风和不满于朝廷统治者对百姓的过分剥削而辞官回乡，后又因为受人排挤和安史之乱的缘故而四处辗转为官，经常处于漂泊的状态。在四处漂泊做官的时候，由于机缘巧合，他认识了长安城中的乐师董庭兰。董庭兰擅长弹奏古乐，尤其是七弦琴，其演奏技艺非常高。可在当时，长安城内盛行胡乐，少有人喜欢听古乐，因而赏识董庭兰的人不多，他的生活也因此贫困非常。正是由于高适和董庭兰在人生际遇方面相似，且有着相投的志趣，两人很快就成了好朋友。

王昌龄《芙蓉楼送辛渐》

王昌龄自幼家境贫寒，直到快四十岁的时候，他才考中进士，被授予秘书省校书郎的官职。唐玄宗开元二十八年（740年）的冬天，他离开京城赴江宁任职。

到任之后的一天，他听说自己的朋友辛渐即将取道扬州，北上洛阳，于是亲自送行。他一路将友人送到润州，并在西北城楼（即芙蓉楼）为其饯行。在分别之际，他百感交集，写下这一诗篇。

芙蓉楼①送辛渐

王昌龄

寒雨连江夜入吴②，平明③送客楚山④孤。
洛阳亲友如相问，一片冰心⑤在玉壶。

【注释】

①芙蓉楼：城楼名，遗址在润州（今江苏镇江）。
②吴：三国时的吴国，因其领地在长江下游一带，后简称这一带为吴。
③平明：清晨天刚亮。
④楚山：春秋时楚国在长江中下游一带，因而称这一带的山为楚山。
⑤冰心：纯洁的心。

王昌龄（698~757年），字少伯，长安（今陕西西安）人，一说为山西太原人，盛唐著名边塞诗人，有“七绝圣手”、“诗家天子”之称。他进士及第后初任秘书省校书郎，又授汜水尉，开元末年因事贬江宁丞，后又贬为龙标尉，世称王江宁或王龙标。其诗以七绝见长，尤以边塞诗最有著名，代表作有《出塞》、《芙蓉楼送辛渐》等，至今有《王昌龄集》传世。

赏析

这是一首送别诗，全诗表达了诗人与朋友的依依惜别之情，同时也流露出诗人纯洁高尚的情操和对故乡的思念之情。

诗歌的首句从写景入笔描写送别时的环境，因为昨晚下了一场雨，所以在送别时迷蒙的烟云笼罩着吴地江天。在描写夜雨的过程中，诗人运用“连”字和“入”字，从而将夜雨弥漫的动态景象写得十分形象。夜雨增添了萧瑟的秋意，也渲染出离别时悲愁的氛围，它所带来的不仅是外在的寒意，更是渗透于离人心头的惆怅和凄凉。

在“平明送客楚山孤”一句中，诗人描写了清晨为友人送行的场景。在清晨，诗人将辛渐送到乘船出发的地方。遥望着江北的远山，想到友人不久将离开这里回到家乡洛阳，以后就不能经常与朋友见面，心中孤寂之感油然而生。在此，诗人将心中的离愁别绪寄托于苍茫的楚山之上，认为友人离开后楚山也会觉得孤独。实际上，“楚山孤”正是诗人自己内心孤独的暗喻，友人离去后，诗人只能像孤零零的楚山一样，伫立在江畔空望着流水逝去。

“洛阳亲友如相问，一片冰心在玉壶”是诗人对友人的叮咛之词，同时也是其表露情怀的诗句，诗句意思是说，“如果洛阳的亲友询问我的情况，请你一定转告他们，我的一颗心如晶莹剔透的冰，贮藏在玉壶中一般”。诗人之所以发出这样的感慨，是因为他当时正被贬谪，而且受到人们的非议，因而诗人在此要以晶莹透明的冰心玉壶自喻，以表明自己的清白，同时也寄寓了自己高洁的情操。

知识链接

一片冰心在玉壶

自古以来，在人们心中，“冰心”和“玉壶”都是非常清澄纯洁的东西，后来人们由物的这种特性联想到人的品质，于是以“冰心玉壶”来比喻人的内心纯洁和品质正直高尚。

早在南朝刘宋时期，诗人鲍照在作品《代白头吟》中，就以“清如玉壶冰”来比喻高洁清白的品格。唐朝开元时期，宰相姚崇写了一篇名为《冰壶诫》的作品，“冰心玉壶”这一比喻被大家熟知和认可，于是不少文人纷纷以此来表现纯洁清白的情操，著名诗人王维、崔颢、李白等都曾以冰壶自我激励，推崇光明而澄澈的品格。

王昌龄在《芙蓉楼送辛渐》这首诗中也运用了这个词，托辛渐给洛阳亲友带去口信，说自己依然保持着冰清玉洁、正直廉洁的品质，依然是一个讲究操守的人，这其中蕴涵着深刻的含义。当时王昌龄因不拘小节，于开元二十七年被贬岭南，从岭南归来后的几年，又再次被贬谪到更远的龙标，他希望得到友人和亲友的信任，所以吟出这样的诗句。

白居易《赋得古原草送别》

白居易是中国文学史上颇负盛名的诗人之一，他自幼饱读诗书，颇有文学才华。唐德宗贞元三年（787年），当时还未满十六岁的白居易进京参加科举考试，为练习应考，他写下《赋得古原草送别》这篇习作。本定的题目为《古原草送别》，因为按科考规矩，凡指定、限定的诗题，题目前必须加“赋得”二字，固有此诗题。

诗歌写好之后，他带着这首诗前往拜访当时的名士顾况。顾况见后，大加称赞，白居易也因此一举成名。

赋得古原草送别

白居易

离离①原上草，一岁一枯荣。
野火烧不尽，春风吹又生。
远芳②侵③古道，晴翠④接荒城。
又送王孙去，萋萋⑤满别情。

【注释】

①离离：形容野草多而茂盛的样子。

②远芳：蔓延到远方的野花和野草。

③侵：侵占，覆盖。

④晴翠：阳光下的翠绿的野草。

⑤萋萋：野草茂盛的样子。

赏析

这是诗人的一篇应考习作，全诗通过对野草的描写和赞美，讴歌了一种顽强向上的生命精神。

诗歌的首句“离离原上草”紧紧扣住“古原草”之诗题，描写原野上春草生长茂盛的情景。“离离”是野草生长的态势，“原上”则点明野草生长的地点，诗句显示出一种蓬勃的生机。第二句“一岁一枯荣”写出古原上野草春荣秋枯，年年循环、生生不息的自然规律，不仅点出野草的生长规律，同时也显示了一种蓬勃向上的生命力。

“野火烧不尽，春风吹又生”两句中，诗人将野草放在了更为恶劣的环境中，让它经受熊熊烈火的焚烧和洗礼，并在毁灭与永生的壮烈对比中，验证了野草生命力的顽强。其中的“野火”象征着毁灭的力量，寄寓着生命的艰辛和成长过程中需要经历的考验，而“春风吹又生”则极言野草生命力的顽强和不肯屈服的精神。在这里，诗人抓住“野草”最主要的特点，那就是它有着顽强的生命力，只要还有一点根须，就能重新发芽生长，再次焕发出蓬勃的生机。

而接下来的“远芳侵古道，晴翠接荒城”两句则承接这一蕴意，再次强调野草顽强的特点，诗句的意思是说，野草在古老的道路上蔓延，阳光下，翠绿的野草通向荒凉的城镇。诗人在这里不仅展示了野草的生命力，还将描写的重点转移到原野上，从而为下文的送别做好了铺垫。

在诗歌的最后两句中，诗人直接点明送别主题，并以茂盛的青草来寄托自己对友人的深情，表达出对友人的不舍，韵味深远。

知识链接

诗歌背后的故事

白居易出生于官宦家庭，从小受到良好的教育，读书刻苦，喜欢写诗作文且关心国家大事。在十一岁那年，他的家乡河南一带发生战事，因此他随着家人颠沛流离，过了一段艰辛的生活。将近十六岁的时候，他决心考取功名，为国效力，于是从江南来到长安，准备参加科举考试。为获得当朝名士的推荐，他带着应考习作《赋得古原草送别》找到当时颇有诗名的大学士顾况。顾况听到他的名字后，开玩笑说："长安米贵，居大不易。"然后漫不经心地接过他的作品，当看到这首诗中"野火烧不尽，春风吹又生"两句时，不禁连声赞赏说："有才如此，居亦何难！"这位诗坛老前辈深为他的才华所折服，于是帮他写了一封推荐信，白居易也因而扬名，这首《赋得古原草送别》成了他的成名作。

后世人们常常用"野火烧不尽，春风吹又生"这句诗来比喻富有生命力的事物，是任何力量也扼杀不了的。

杜牧《寄扬州韩绰判官》

唐代时扬州是长江中下游最繁荣的都会，这里不仅店铺林立、商贾如云，文化也十分发达，不少文人都喜欢来此漫游赏景。唐文宗大和七年到九年（833～835年），杜牧曾在淮南节度使（使府在扬州）牛僧孺幕中做过推官和掌书记，和当时在幕任节度判官的韩绰相识。后来，杜牧被调回长安供职，在回想往昔生活时，就写了这首诗赠送给自己的好友韩绰。

寄扬州韩绰判官

杜牧

青山隐隐水迢迢①，秋尽江南草未凋。
二十四桥②明月夜，玉人③何处教吹箫。

【注释】

①迢迢：一作遥遥。

②二十四桥：一说为二十四座桥，一说是一座桥的名称。

③玉人：美人。有说指扬州的歌女，也有认为是杜牧戏称韩绰为玉人。

赏析

这是诗人杜牧回京后回忆往事时写下的赠友感怀诗，作品描写了优美的江南风光，抒发了朋友之间深厚友谊及诗人对朋友思念之情。

诗歌的前两句侧重于写景，“青山隐隐水迢迢”写诗人站在江边，远远地望见江对岸绵延起伏、若隐若现的青山和那长长如带、奔流不息的江水。在这里，诗人选取远处的青山和流水为描写对象，并以“隐隐”和“迢迢”这两对叠字描绘出山清水秀、美妙多姿的江南风貌，流露出诗人对于江南风光的喜爱和赞美之情。同时，“隐隐”和“迢迢”这两个词还点明诗人与山水之间有着一定的空间距离，由此营造出一种宏大、宽广的画面，颇富诗情画意，引人联想。

“秋尽江南草未凋”写诗人站在江北，遥想江南的秋景。在写这首诗的时候，杜牧已经回到长安，但对于江南的美景仍然念念不忘，于是他不禁回想，在深秋时节，现今所处的江北早已是草木凋零，一派萧条冷落的景象，而此时江南的草木应该还未凋谢，青山绿水依旧。在比对中，诗人表达了对江南风光的眷念，并为下文写思念友人、抒发感慨做好了铺垫。

诗的后两句即景生情，抒写诗人对友人的思念和关心。“二十四桥明月夜”描绘的是诗人印象最深的江南美景。在扬州生活期间，杜牧常陶醉于江南美景而流连忘返。他印象最深的便是二十四桥上的明月夜色，所以在后来回想江南生活时仍旧不忘赞美和歌颂这一美景。作品的最后一句，诗人在回忆往昔生活的同时，也点出其对友人韩绰近况的问候，由此表明诗人与韩绰之间深厚的友谊以及他在离别后对友人的思念之情。

知识链接

二十四桥

对于杜牧《寄扬州韩绰判官》这首诗中“二十四桥”的解释，历来说法不一，最主要的有两种。

一种说法认为“二十四桥”指的是扬州城的二十四座桥，即有茶园桥、大明桥、九曲桥、下马桥、作坊桥、洗马桥、南桥、阿师桥、周家桥、小市桥、广济桥、新桥、开明桥、顾家桥、通泗桥、太平桥、利园桥、万岁桥、青园桥、参佐桥、山光桥等二十四座桥。

另一种说法认为“二十四桥”应该是扬州城中的吴家砖桥，因为唐朝时曾有二十四名歌女常在月明之夜来此吹箫弄笛，所以得了二十四桥的名称。相传在一个月明之夜，当时正在扬州任官的杜牧因为心情欠佳而外出赏月游玩，途经吴家砖桥时，恰巧遇到来此聚会和切磋技艺的歌女们。因为杜牧长得风流倜傥，而且在当时很有诗名，所以歌女们几乎都认识他，并且十分仰慕他的才华。见到钦慕的诗人就在眼前，歌女们十分激动，纷纷秀出自己的绝活，其中一位歌女在弹奏之后还特地折了一枝花献给杜牧，并请求杜牧赋诗，杜牧也爽快地写了几首诗相赠。

山水田园诗

李白《望天门山》

李白在年轻时曾怀着渴望建功立业、一展宏图的理想抱负四处漫游。在漫游中，他一边纵情欣赏祖国的大好河山，一边也希望借着出游的机会结识一些社会名流，从而得到引荐，登上高位，实现政治理想和抱负。

唐玄宗开元十三年（725年），当时年仅二十岁的李白离开四川，准备沿江顺流东下，游江夏、九嶷，经庐山、金陵，然后漫游吴越。在到达安徽境内，途经天门山时，他惊叹于眼前的美景，挥笔写下了这首诗。

望天门山①

李白

天门中断②楚江③开，碧水东流至此回。
两岸青山相对出，孤帆一片日边来。

【注释】

①天门山：地名，位于安徽省巢湖市和县与芜湖市长江两岸。
②中断：从中间隔断，这里指东西两山之间被水隔开。
③楚江：即长江，因为长江在战国时期属于楚国，所以也称楚江。
④相对：指长江两岸的山相互对峙。

赏析

这是李白吟咏山水的七言绝句，也是千百年来传诵不衰的名篇之一。全诗描写了天门山雄奇壮观的景象，表现了诗人对祖国河山的喜爱和赞美之情，同时也展现出诗人的豁达胸襟和豪迈气概。

诗歌的首句从远望天门山的全景入笔，勾勒出一幅雄浑壮阔的画面。诗人认为，天门两山本来是一个整体，但长江怒涛的冲击使得其“中断”，成为东西两山。在这里，诗人从“江”与“山”的关系着笔，点出天门山地势的险要。同时可以从诗句中看出，诗人赋予长江以神奇的力量，它有着巨大的生命力，能冲断一切阻碍，开拓出另一番景致和意境，由此寄寓了诗人的壮志豪情。

“碧水东流至此回”一句则写了天门山的近景：长江在天门山附近的流向由东向转北。“碧水”写出长江流水的清澈澄净；“东流”是写长江总的流向；“回”字力度很强，极富动态美。整句诗不仅写出长江回流的奇观，而且暗示了天门山对汹涌奔腾的长江的约束力和反作用，由此显示出天门山奇险的气势。

诗歌的最后两句既点出了天门两山的雄姿，也点明了诗人观察的视角。诗人当时正乘坐船上，因而其眼中的青山越来越近、越来越清晰，所以诗人说“两岸青山相对出”，这里巧妙地用“出”字将原本静止不动的青山写活了，显示出一种动态美。“孤帆一片日边来”也是很有韵味的，诗人之所以这么说，主要是因为孤舟从天水相接的远方驶来，就好像来自天边，“日边来”极其传神地写出小船从远方驶来而渐渐清晰的情态。在这两句中，诗人将原本静止的景物写得格外生动传神，实际上蕴涵着他对眼前景色的新奇之感和喜悦之情，他觉得夹江对峙的天门山，仿佛正以这种方式对自己表达着欢迎。

知识链接

天门山的民间传说

天门山古称云梦山、玉屏山，坐落在张家界市区以南，山势险要，风景优美。关于天门山的由来，民间流传着一个传说。

相传在盘古开天辟地之初，天上有十个太阳，烈火炎炎，导致地上寸草不生，民不聊生。后来，英雄后羿遵从天命，射下九个太阳，只留下一个照耀人间。可在刚开始的时候，剩下的这个太阳非常强大，不愿听从天帝的命令，经常胡作非为。二郎神见状，便向玉帝讨旨，要担山与日同行，想用两座大山来遮蔽烈日、解救万民。玉帝听后，下旨令他马上行动。

从此之后，二郎神就用扁担挑着两座大山日复一日、年复一年地与太阳同步而行。一天，当他走到八卦山境内时，觉得饥渴难耐，于是放下扁担，支起一只巨石为锅，到山前小溪淘米做饭。在吃饱饭之后，他想继续挑着两座山行走以追赶太阳，可因为用力过猛，扁担折为两截，两座大山一座滑落于八卦山中，另一座滑落于张家界，因此两地便各有一座天门山。

李白《早发白帝城》

李白一生的仕途之路极为坎坷，早年时入朝为官才两年就受人排挤而离开长安，后继续四处漫游。在漫游的过程中，他偶遇永王李璘，并受邀留在永王幕府任职。后来，永王李璘叛乱，李白也因此受到牵连。

唐肃宗乾元二年（759年），已经五十八岁的李白被流放到夜郎（今贵州桐梓县一带）。流放途中，唐王朝因为册立太子而天下大赦，李白也被免罪。此时已经行至四川白帝城的李白惊喜交加，决定乘船东下江陵，在途中写下这首诗。

早发白帝城①

李白

朝辞②白帝彩云间，千里江陵③一日还④。
两岸猿声啼不住⑤，轻舟已过万重山⑥。

【注释】

①白帝城：地名，在今重庆市奉节县城东白帝山上。
②朝辞：早上告别。朝，早上，早晨。辞，告别。
③江陵：地名，在今湖北荆州。
④还：返回。
⑤不住：不停。住，停止。
⑥万重山：层层叠叠的山，形容许多。

赏析

这是李白在流放途中遇赦返回时所创作的一首七言绝句，也是其脍炙人口的名篇之一。诗歌抒写了李白此次经过三峡时的所见所闻所感，讴歌了祖国的大好河山，同时也表现了诗人遇赦后的愉快心情。

诗歌的首句直奔主题，写明乘船离开的时间和地点，“朝”点明时间是早晨；“辞”表示的是离开的意思；“白帝城”是地名，表明乘船的起点，因为三峡以白帝城为起点，东迄湖北宜昌，所以诗人会这么说；而“彩云间”一词不仅点出白帝城高入云霄的地势特点，也增强了诗句的韵味，营造出一幅美妙而神奇的画境，同时彩云缭绕也喻示诗人当时的心情是十分愉悦的，这也奠定了全诗的感情基调。

在“千里江陵一日还”一句中，诗人表达了自己希望早日到达目的地的急切心情。从白帝城到江陵虽然有几千里的路程，但此时诗人的心情十分舒畅，他觉得即使是这么远的距离，只要行船顺利，一天就可以达到。在句中，诗人用“千里”和“一日”的悬殊作对比，运用夸张的手法，既写出长江一泻千里的气势，也抒发了其“归心似箭”的心情，给人以极其深刻的印象。

“两岸猿声啼不住，轻舟已过万重山”的意思是说，两岸猿猴的叫声还没停止，那轻快的小船已驶过千山万岭。诗人巧妙地把猿声放在行舟的现场来写，先写猿声，后写轻舟，并将二者联结了起来，借猿声回响衬托轻舟的快捷，以此形象地描绘轻舟快驶的情形，同时也表现了诗人轻松愉悦的心情，蕴意深远。

知识链接

白帝城的故事

白帝城位于重庆奉节县瞿塘峡口的长江北岸，是三峡的著名游览胜地。历史上无数名人都曾经来此一游，也留下了大量诗篇，因此得了“诗城”的美誉。关于白帝城，还有这样一个故事：

25年，中国正处在西汉王朝灭亡而新王朝尚未建立的历史时期，地方军事将领公孙述割据西南，等待时局的变化。有一天晚上，他做了一个梦，梦中有人对他说："你可以当12年皇帝。"他醒来后觉得很惊奇，于是到庭园中散步，走着走着，他看到园中一口井内冒出一股白气，像一条白龙一样腾空而起。公孙述看到这样的情景，又想起昨晚做的梦，以为这是他登基做皇帝的征兆，于是，他在不久之后就举行登基仪式，自封为天子，号称白帝。即位之后，他将瞿塘峡口所建的城池命名为"白帝城"，派重兵把守。

但是，公孙述本身没有多大能力，而且不善用人，所以37年，即他自封为王的12年后，他建立的国家就为刘秀所灭。

杜甫《望岳》

唐朝时期的很多诗人都曾有过漫游四方的人生经历，诗人杜甫也是如此。从唐玄宗开元十九年（731年）起，杜甫离开家乡，漫游吴越。五年之后，他回洛阳参加了一次科举考试，可惜没有考上，于是踏上漫游齐赵的旅途。

大约在开元二十四年（736年），他漫游到山东一带，被泰山的壮丽景色所吸引，写下了这首《望岳》。

望　岳[①]

杜甫

岱宗[②]夫如何？齐鲁[③]青未了。
造化钟神秀[④]，阴阳割昏晓。
荡胸生层云，决眦[⑤]入归鸟。
会当[⑥]凌绝顶，一览众山小。

【注释】

①岳：这里指东岳泰山，在今山东省泰安市城北。
②岱宗：泰山的别名，古代以泰山为五岳之首，认为其是诸山之宗，故又称"岱宗"。
③齐鲁：原本是指古代以泰山为界的齐国和鲁国，这里代指山东地区。
④钟神秀：聚集了这样神奇秀丽的景色。

⑤决眦（zì）：极目远望。决，裂开。眦，眼角。

⑥会当：应该，一定要。

赏析

这是现存杜诗中年代最早的一首，诗歌通过对泰山的雄伟气势和神奇秀丽景色的描绘，热情讴歌了诗人对祖国大好河山的热爱，展示出其豁达的心胸和卓然独立、积极进取的气概。

诗歌的开头两句描写了远望泰山所见到的景色，诗人并没有使用很多形容词来描写泰山，而是用了一问一答的方式来极力表现泰山的雄伟壮丽，同时也巧妙地将自己乍一望见泰山时那种兴奋、惊叹和仰慕之情形象地表达了出来。

在“造化钟神秀，阴阳割昏晓”两句中，诗人的观察视角由远望变为近观，侧重于写自己走近泰山抬头仰望时的所见所感。诗人在此以“钟神秀”来形容泰山的神奇秀丽景色，而以南北分割“昏晓”的景象写泰山高耸云端的雄伟，具体形象地写出了泰山的特点。这里的“钟”是聚集的意思，而“割“是分割的意思，这两个动词使本来静止的山峰变得灵动起来，为其增添了美感。

“荡胸生曾云，决眦入归鸟”在前四句景物描写的基础上，引入了自己的联想和想象，诗人由远望、近观时看到的情景进而想到泰山如此雄伟的景象一定会震荡人们的心胸，使人豁然开朗，站在泰山之上，眼光也会更加敏锐，即使是一掠而过的归鸟也能看清。在这两句诗歌中，诗人表面上写的是自己的主观感受，实际上却反衬出泰山的雄伟壮丽及其震撼人心的力量。

诗歌的最后两句抒写诗人由望岳而引发的决心，表现了诗人希望尽快登上泰山之顶的渴望。与此同时，诗人这种不怕困难、想要登临山顶的决心也显示出他在生活中昂扬向上、积极进取的精神，使诗歌的主题得到升华。

知识链接

杜甫的《望岳》

唐朝时期，漫游之风兴盛，很多读书人怀着“读万卷书行万里路”的信条四处游历和求学。他们这样做一方面是为了开阔自己的眼界、收获知识，另一方面也想借此寻求机会，实现自己的理想抱负。杜甫就是怀着这样的心情开始了自己的漫游之路。他先是漫游到吴越一带，后又到齐赵等地游历，在这一过程中，他以《望岳》为名，写了三首诗歌，吟咏东岳泰山的诗篇是其中的一首，另外两首分别是赞美南岳（衡山）、西岳（华山）的诗。

望岳（南岳衡山）

杜甫

南岳配朱鸟，秩礼自百王。
歘吸领地灵，鸿洞半炎方。
邦家殷祀典，在德非馨香。
巡狩何寂寥，有虞今则亡。
洎吾隘世网，行迈越潇湘。
渴日绝壁出，漾舟清光旁。
祝融五峰尊，峰峰次低昂。
紫盖独不朝，争长業相望。
恭闻魏夫人，群仙挟翱翔。
有时五峰气，散落如飞霜。
牵迫限修途，未暇杖崇冈。
归来觊命驾，沐浴休玉堂。
三叹问府主，曷以赞我皇。
牲璧忍衰俗，神其思降祥。

望岳（西岳华山）

杜甫

西岳崚嶒竦处尊，诸峰罗立似儿孙。
安得仙人九节杖，拄到玉女洗头盆。
车箱入谷无归路，箭栝通天有一门。
稍待秋风凉冷后，高寻白帝问真源。

杜甫《春夜喜雨》

由于安史之乱，杜甫一生有过数年的逃亡生涯，在漂泊异乡的日子里，他过得相对舒适的就是在四川成都浣花溪畔的时光，这从他的很多作品中都可以看出。唐肃宗上元二年（761年）的春天，正是杜甫定居浣花溪畔的时候，四川成都天气干旱，很久都没有下雨。一天夜晚，春雨终于降临，杜甫从梦中惊醒，见到下雨欣喜万分，写下了这首诗。

春夜喜雨

杜甫

好雨①知时节，当春乃②发生。
随风潜③入夜，润物细无声。
野径云俱④黑，江船火独明。
晓看红湿⑤处，花重⑥锦官城。

【注释】

①好雨：指春雨，及时的雨。
②乃：就。
③潜：暗暗地，悄悄地。
④俱：全，都。
⑤红湿处：指带有雨水的红花的地方。
⑥花重（zhòng）：花因沾着雨水，显得饱满沉重的样子。

赏析

这是杜甫为数不多的写景诗之一，诗歌通过描写春夜降雨、润泽万物的美景，抒发了诗人的喜悦之情，也表达出诗人对春雨无私奉献品质的赞美。

诗歌的前两句概括地描写了春雨及时而下的情景，表现了诗人对春雨的赞美及心中的喜悦。开篇诗人就以“好”字形容春雨，对其加以赞美，而“知时节”和“当春乃发生”则是点明“好”的原因。诗人在此运用拟人的手法，点出春雨的“好”表现在知道季节，当春及时而下，就像是善解人意一样。春天是植物萌发的季节，非常需要雨水，春雨的及时降临能滋润万物，这样庄稼的播种和收获才有希望，所以诗人对这样及时降临的春雨表现出由衷的赞美和喜爱。

“随风潜入夜，润物细无声”两句中，诗人抓住春雨的典型特征和细节，着重从听觉方面刻画春雨随风飘落和滋润万物的情态。“随风”、“潜入”说明了春雨的细，“润物”、“无声”点出了春雨的伟大和无私，这些词都用得十分精到，将春雨写得十分形象传神。

“野径云俱黑，江船火独明”两句中，诗人从视觉方面描写了雨夜的美景。在表现手法上，作者采用强烈的对比和反衬，以雨夜的漆黑来突出渔火的明亮，并以渔火的亮光来反衬周围的黑暗，由此营造出一幅活泼的画面，大大增强了诗歌的意境之美。

诗歌的最后两句是诗人想象雨夜之后，第二天天亮时能看到的情景，诗人在此选取了最有代表性的春花，以“红”、“湿”、“重”，来形容雨后花朵的特征，描绘出美丽的雨后春花图，既表现了诗人此时兴奋的心情，也引发了人们的联想，使人们也想尽快欣赏到这天明时的美景。

知识链接

春雨贵如油

在这首诗歌中，杜甫以“好雨”盛赞春雨，而在生活中，还有一句赞美春雨的话，那就是“春雨贵如油”。这句话的意思是说春天的细雨像油一样可贵，形容春雨宝贵难得。

早在宋代释道原的作品《景德传灯录》中，就出现了以“春雨一滴滑如油”来形容春雨宝贵的句子；到了明代，解缙写了《春雨》，里面就有“春雨贵如油”的诗句。

至于为什么人们常说“春雨贵如油”，可能与以下几个原因有关：

一是季节。秋冬季节是少雨季节，降雨较少，土地缺水，万物生长困难，因此春天时降雨就显得十分可贵。

二是春季的气候特点。春季，我国暖空气势力还不是很强，所以大量降水的情况是很少的。同时，春季气温回升较快、有风天多，在阳光照射下，土壤水分蒸发强烈，容易造成水分散失，所以下春雨显得非常宝贵。

三是植物生长所需要的水分。大量的越冬作物在春天时正处于返青到乳熟期，需要很多的水。而各种植物的发芽、生长都需要雨水的滋润，如果没有充足的水分，它们的生长就会受到影响，所以人们常说“春雨贵如油”。

白居易《暮江吟》

白居易是一位有才华且有政治理想的文人，他从唐德宗贞元十六年（800年）考中进士起就开始入朝为官，期间牛李党争激烈，他尝尽了朝官的滋味，于是在唐穆宗长庆二年（822年）主动请求外任。皇帝答应了他的请求，任命他为杭州刺史，之后他便踏上了奔赴杭州的路程。

在赴任途中，诗人尽情欣赏着祖国的壮丽河山，心情也舒畅了不少。一天他于傍晚时分到江边散步，惊叹于眼前所见的美景，便写下了这首诗歌。

暮江吟

白居易

一道残阳①铺水中，半江瑟瑟②半江红。
可怜③九月初三夜，露似真珠④月似弓⑤。

【注释】

①残阳：夕阳西下时的太阳光。

②瑟瑟：原意为碧色珍宝，此指碧绿色的湖水。

③可怜：可爱。

④真珠：即珍珠。

⑤月似弓：（月初的）月亮弯弯的像一张弓。

赏析

这首诗是白居易的写景名篇，全诗通过描绘傍晚时分江水和夜空的美景，表达了诗人对大自然的热爱、欣赏美景时的喜悦和离开政治旋涡后的轻松心情。

诗歌的前两句描写诗人傍晚时分在江边看到的景象，勾勒出一幅太阳落山前的江上美景图：一道西下的夕阳，铺映在江水之中；阳光照射下，江面上波光粼粼，一半呈现出深深的碧色，一半呈现出红色。在“一道残阳铺水中”句中，诗人描写了夕阳照射在水面的情景，但巧妙的是“铺”一字，这不仅形象地表现了太阳即将落山时的情态，而且写出了秋天夕阳的柔和，给人以平和、安闲的感觉。

而在第二句中，诗人着重写夕阳下江水的色彩，用“瑟瑟”和“红”来描绘，指出夕阳照射下的江水是红色的，阴影中的江水则是绿色的，这样不仅符合现实，还体现了当时江水颜色的变化和多样，给人以生动活泼的感觉。在“可怜九月初三夜，露似真珠月似弓”两句中，诗人描写了夜晚所见到的美丽景色：夕阳慢慢落下，月亮渐渐升起，因为才到月初，月亮细细的、弯弯的，斜挂在西边的天空；由于此时已到深秋季节，昼夜温差很大，所以夜间草叶上凝结了一层细密的露珠。在现实生活中，上弦月和夜间的露珠都是很常见的景象，可诗人在此运用形象的比喻，将它们描写得传神且与众不同，露珠闪闪，如同珍珠闪耀；月亮弯弯，犹如弯弓一张，这样的美景，自然让人心情舒畅，引发赞美之情。

知识链接

写诗通俗的白居易

白居易一生写下很多诗歌，题材广泛、内容丰富，但不管是哪种类型的诗歌，都有一个很重要的特点，那就是语言通俗易懂，这首以写景为主的《暮江吟》也是如此。相传，白居易写诗注重通俗易懂的风格是从小就培养出来的。

白居易出身书香门第，天性聪颖。六岁时，他开始上学堂接受教育。他读书认真刻苦，尤其喜欢学习诗歌，对于古人的名篇，他常是百读不厌，不但勤于抄写和背诵，而且总能细细体会文章的含义。由于勤学苦练，不久之后，他便在写诗方面大有长进。他从六岁开始写诗，到九岁时就已经懂得声韵，并且能写出较为复杂的律诗。在写好诗歌之后，他经常会念给小伙伴们听，有时也会念给家人和村里的大人听。他认为，只有大家能听懂，他的诗才算没有白写。如果写的诗大家都听不懂，那写得再好又有什么用呢！于是他每写完一首诗歌都会先念给村里的人听，有时还会念给村里年老的妇人听，如果别人听不懂，他就修改，然后再念一遍，直到别人听懂为止，这一写诗习惯一直坚持到他成年之后。因为白居易的诗吸取了大量民间口头语言，显得通俗易懂，所以分外受广大劳动人民的喜爱。

王维《山居秋暝》

王维是盛唐时期著名的山水田园诗人，他很有才华，但仕途颇为坎坷。早年时他曾有过积极的政治抱负，二十一岁考中进士得以入朝为官，后来因为仕途不顺，意志逐渐消沉。四十多岁的时候，他特意在长安东南蓝田县的辋（wǎng）川营造别墅，过着半官半隐的生活，由此写出许多优秀的山水田园诗。这些作品主要写他隐居终南、辋川的闲适生活和山水风光，《山居秋暝》便是其中极具代表性的一首。

山居秋暝①

王维

空山新雨②后，天气晚来秋。
明月松间照，清泉石上流。
竹喧③归浣女，莲动下渔舟。
随意④春芳歇⑤，王孙自可留。

【注释】

①暝：日落，指夜晚。
②新雨：刚刚下过雨。
③竹喧：竹林中的笑语喧哗。
④随意：任凭。
⑤春芳歇：春天的花凋谢了。歇，消散、凋谢。

赏析

这首诗是诗人在归隐辋川别墅时所写，描写了秋日傍晚雨后山林的景色，表达了诗人对田园风光的喜爱和赞美之情，同时表现出诗人乐于归隐的生活意趣。

诗歌开头两句描写了雨后山村的自然美景。诗人紧扣题目，点明写诗的时间是秋天的傍晚，地点是乡村，勾勒出一幅清新、宁静的画面，同时也为下文的景物描写和抒情奠定了基础。值得一说的是，诗人在此巧妙地运用了一个“空”字，渲染出天高云淡、万物空灵的美景，增强了诗歌的意境之美。

“明月松间照，清泉石上流”两句对雨后乡村的景致进行了具体描绘：雨过初晴，青天无云，明月的清辉洒遍松林。因为才下过雨，溪水上涨，山间石上漫过清清的流泉。在这里，诗人以“明月”、“松”、“清泉”、“石”等极具乡间特色的景物，突出了雨后乡间的宁静和美好，以“照”与“流”两个动词将这些景物连接在一起，静中有动，动中有静，让人感受到大自然的灵动和蓬勃朝气，同时也创造出如水月镜般纯美的诗境。

而“竹喧归浣女，莲动下渔舟”两句则由景写到人，由静写到动，巧妙地将自然之美和村民们的生活之美交融在了一起，表现了村民勤劳淳朴的性格。在描写“浣女”和“渔夫”的活动画面时，诗人采用“未见其人，先闻其声”的写法，以人物的活动反衬乡间的宁静，增强了诗歌的艺术感染力。

在诗歌的最后两句中，诗人触景生情，有感而发，虽然春光已逝，但秋景更佳，自己愿意留下来尽情欣赏，由此表现出诗人高洁的品质和对归隐生活的喜爱。

知识链接

王维山水诗的特点

王维是唐代著名的山水田园诗人，一生创作了众多描写山水田园风光的优秀作品。这些作品形式多样，内容丰富多彩，但有着一些共同的特质，显示了王维山水诗的基本特点。

一是空灵悠远，诗中有画。王维不仅是一个诗人，还是当时有名的画家，所以他在写诗时很注重营造诗歌的画面美。王维的山水诗善于抓住景物的形象特征和情态，采用多姿多彩的笔调、动静结合、远近映衬的方式构造出结构层次丰富的画面，从而增强诗歌的画面美和意境美。同时他还非常注重对诗歌神韵上的把握，经常以灵性的语言和多样化的修辞手法将诗歌描写得空灵悠远、富于韵味。

二是情景交融，音韵和谐。王维的山水诗并不完全是为了写景而写景，而多是寓情于景，情景交融，通过对山水风光的描写来抒情。他善于抓住景物的特点和人类情感的契合之处，从细微处着笔，抒发无限深情，使诗歌充满浓厚的乡土气息和生活情趣。同时他也非常注重诗歌的音韵美，常采用一些富有节奏感的语言和叠音词来写声音，从而使诗歌音韵生动，读起来朗朗上口。

孟浩然《过故人庄》

诗人孟浩然生于盛唐时期，他前半生主要在家侍亲读书，曾隐居家乡襄阳附近的鹿门山。在这段时间里，他辛勤地劳动，勤奋刻苦地学习，自己耕种粮食和蔬菜，以读书写诗为乐，偶尔也会到乡间的朋友家走动。

有一次，孟浩然应邀到一位农村老朋友家做客。在做客过程中，他诗兴大发，便写下这首诗。

过故人庄

孟浩然

故人具①鸡黍②，邀我至田家。
绿树村边合，青山郭外斜③。
开轩面场圃，把酒④话桑麻。
待到重阳日，还来就菊花⑤。

【注释】

①具：准备，置办。

②鸡黍（shǔ）：指烧鸡和黄米饭。黍，黄米饭。

③斜（xiá）：向远方延伸，连绵不绝。

④把酒：拿起酒杯。把，端着拿起。

⑤就菊花：指欣赏菊花与饮酒。

赏析

这首五言律诗将写景、叙事、抒情很好地结合在一起，通过描写诗人应邀做客的经过和他的感受，展现了优美的田园风光，流露出诗人和朋友之间真挚的友情。

诗歌的前两句以看似平淡的笔墨交代诗人此行的缘由，既表现了田园生活的清淡简朴，又写出诗人与朋友的亲密关系。“故人”说明诗人要去的是老朋友家，而不是第一次前往；“具鸡黍”点明诗人此行的目的，即去朋友家做客吃饭，食物为“鸡”和“黍”，是自家饲养和种植的，这样既显出田家特有的风味，又见待客之简朴，由此也表明两人关系十分密切。

“绿树村边合，青山郭外斜”两句描写诗人走到老朋友村庄时看到的景色，其中前一句写近景，即绿树环绕村庄近旁，后一句写远景，即青山逶迤在村庄远处。诗句表现了村庄的清幽宁静和田园生活的怡然自乐，给人以清新愉悦的感受。

“开轩面场圃，把酒话桑麻”写的是故人相聚时的场景和活动。在诗人来到朋友家后，两人对着谷场菜园，临窗饮酒谈论农业的种植与收成，这样的场景体现出老友聚会时的亲切自然，富有浓厚的生活气息。从诗句中还可以看出，诗人非常喜欢这样的环境，其内心也非常愉悦，由此显示诗人对田园生活的喜爱。

诗歌的最后两句抒写诗人临走时想要在重阳节再次造访的愿望，语句看似平淡，却将老朋友的热情淳朴、自己心中的愉悦和两人间真挚而深厚的情感传神地表现了出来，蕴意丰富。

知识链接

孟浩然的田园生活

孟浩然是唐朝著名的田园诗人，他一生大部分时间都隐居于鹿门山，过着躬耕自足的田园生活，算得上是一位真正的隐士。隐居期间，他一边像其他劳动人民那样辛勤地劳作，满足生活所需；一边欣赏着美好的田园风光，写下不少清新质朴的田园诗，成为声名显赫的田园诗人。

孟浩然出生于襄阳城南九里涧南园的一个普通家庭，家中有一些田地，家境虽算殷实，但也不是富豪绅士之家，所以他从小在勤学苦读之余，也会帮家人干一些劳动。孟浩然非常孝顺，为了方便照顾父母，在四十岁之前，他一直待在家里或隐居在离家不远的鹿门山，一面读书求知，一面从事农业生产。农闲时，他还特别喜欢游山玩水，欣赏自然风光，时常徜徉于山水田园之间。

在四十岁之时，他为了实现自己的政治理想也曾经离开家乡赴京城参加科举，结果落榜，此后，他对仕途失去了信心，于是回鹿门山隐居，再次过上了躬耕自足的田园生活，直至终老。

韦应物《滁州西涧》

韦应物在十五岁时就入宫做了侍卫，早年放纵不羁，横行乡里，后来才下定决心好好为官从政。在他担任滁州刺史的时候，一次他外出游玩，游览到滁州西涧时，他有感于眼前的美景，写下了这首情感浓郁的小诗。

滁州西涧①

韦应物

独怜②幽草涧边生，上有黄鹂深树③鸣。
春潮带雨晚来急，野渡④无人舟自横⑤。

【注释】

①西涧：滁州城西郊的一条小溪，即今西涧湖。

②独怜：独爱。怜，喜欢、喜爱。

③深树：树荫深处。

④野渡：荒郊野外无人管理的渡口。

⑤横：这里指随意漂浮。

赏析

这是诗人最负盛名的写景佳作，描写诗人春游滁州西涧时所见的美景，表达了诗人对自然山水的喜爱和赞美之情。

诗歌的前两句描写了其游览途中的所见所闻。此时已是暮春时节，诗人独自行走在山涧，看到潺潺的流水，水边野草繁茂，野花的繁盛期已经过去。走着走着，诗人忽然听到黄鹂的鸣叫，可由于树木茂盛，抬眼望去却没有见到黄鹂的身影。诗人在这里选取的“幽草”这一景物实际上蕴涵着深刻含义，幽草虽然不及百花妩媚娇艳，但具有不甘寂寞、不肯趋时悦人的风格，这正是诗人喜欢和所追求的品格；而“独怜”二字也蕴藏着浓郁的感情色彩，诗人别有会心，表露了其闲适恬淡、敢于保持本真的情操。而在“上有黄鹂深树鸣”一句中，表面上看，黄鹂的鸣叫声打破山间的宁静，实际上却更衬托了春山的宁静，起到了以动衬静的作用。这两句诗以野草独自生长，黄鹂在树上鸣叫的情景，写出春山清幽而充满生机的景象，同时也传达出诗人内心恬淡、闲适的感受。

诗歌的后两句侧重描写荒津野渡的景象。在傍晚时分，春潮上涨，春雨还在下着，西涧水势徒然变得湍急，本来就荒凉的郊野渡口此时更是难觅人踪，只有空舟随波纵横。这里所描写的景物虽然看起来有些荒凉，但实际上寄寓着诗人悠闲自得的心情。第三句使用“急”字传神地表现春潮春雨飞动流转之势，而第四句中又引出“自”字与其照应，这样一急一缓的形态，很好地传达出诗人当时的情感状态，把客观景物和抒情主体有机地融为一体。

知识链接

韦应物的山水田园诗

韦应物是中唐时期艺术成就较高的诗人。他创作了很多诗歌，其中最能显示其诗歌成就的是一些山水田园诗。这些诗歌以描写山水和田园风光为主，同时寓情于景，情景交融，在对美好自然风光的描述中常蕴涵着诗人深刻的内心情感，或是对山水和田园生活的喜爱，或是对朝政腐败的幽愤和不满，或是反映民间疾苦、抒写对劳动人民的同情，等等。

韦应物的山水田园诗以五言诗成就最高，其诗风主要受陶渊明、谢灵运、谢朓等诗人风格的影响，风格清丽闲淡，语言简洁朴素，少数作品也有秀丽飘逸的一面。正因为韦应物喜欢写山水田园诗，且成就较高，后人常将其列为山水田园诗派的诗人，并将其与王维、孟浩然等著名的山水田园诗人并称。

贾岛《题李凝幽居》

贾岛早年的时候因生活贫寒而落发为僧，四处云游。在唐宪宗元和五年（810年）的冬天，他云游到长安，并在此结识了张籍、韩愈、李凝等人。他与李凝初次相识，是在张籍的府上，当时即相谈甚欢，之后就经常往来，建立了深厚的友谊。

李凝当时在长安城郊外一处幽静的山间盖了房子，常居于此，贾岛经常上门拜访。一个月夜，贾岛突然兴起，决定踏着月光去拜访友人，不料这次友人并不在家，于是他怀着遗憾的心情，写下了这首诗。

题李凝幽居①

贾岛

闲居少邻并，草径入荒园。
鸟宿池边树，僧敲月下门。
过桥分野色，移石动云根②。
暂去还来此，幽期③不负言④。

【注释】

①幽居：僻静的居所。

②云根：古人认为“云触石而生”，故称石为云根。

③幽期：再访幽居的期约。

④不负言：绝不食言。

贾岛（779~843 年），字浪（阆）仙，唐朝河北道幽州范阳县（今河北涿州）人，早年曾出家为僧，号无本，自号“碣石山人”，后还俗参加科举，唐文宗时任长江主簿，后因遭到排挤而被贬官。他喜欢做诗苦吟，写诗用字精于雕琢，喜欢写荒凉、枯寂之境，多凄苦情味，至今存诗三百七十余首，结为《长江集》十卷，另有小集三卷、《诗格》一卷传世。

赏析

这首五言律诗是贾岛的代表作，全诗抒写了诗人走访好友李凝未遇这样一件寻常小事，表达了访友不遇的遗憾心情，同时描写了郊外的优美景色。

“闲居少邻并，草径入荒园”是用概括的手法描绘友人李凝幽居周围的环境：一条杂草遮掩的小路通向友人居住的小园，他的住所旁边没有其他人居住。通过小路长草、院子荒芜这样的情景描写，既点出环境的偏僻和幽静，还显示了李凝的隐士身份。

“鸟宿池边树，僧敲月下门”是历来广为传诵的名句，诗句写的是诗人月夜拜访友人时的情景，因为天色已晚，当他到达友人门口的时候，池边树上的鸟儿已然入睡，四周非常安静，借着朦胧的月光，诗人用手轻轻地敲着友人的家门。一般诗歌写到鸟儿时，多会从其叫声、跳跃的姿态着笔，而诗人在此却描写了其静态的方面，显示出别样的韵味。同时诗句中还以动衬静，通过轻微的敲门声惊醒“宿鸟”这一动态情景，愈发衬托出环境的宁静，突显“幽居”特色。

“过桥分野色，移石动云根”两句写诗人夜访友人不遇之后在回去路上的所见。在过桥之后，他看到景色迷人的原野，晚风轻拂，天上的云正在飘动，好像山石在移动。云会在风的吹拂下飘动，而石头是不会移动的，可诗人故意用了这样的比喻，给人以一种新鲜感，充分体现出贾岛琢字炼句，力避平易，务求奇僻刻深的诗风。

在最后两句中，诗人表达了自己这次虽然没有遇到友人感到遗憾，却对这里幽静美丽的景色十分喜爱。

知识链接

“推敲”的故事

贾岛去长安城郊外拜访自己的朋友李凝，可是李凝不在家，他只好心怀不甘地返回。回到家之后，他决定做一首诗歌作为留念。其他的几句都差不多想好了，只是其中的两句诗——“鸟宿池边树，僧敲月下门”，他不知道是用“推”好还是用“敲”好。直到第二天，他骑着毛驴走在路上时仍在考虑这个问题，还一边吟诵，一边伸手反复地做推和敲的姿势，不知不觉就骑着驴闯进了大官韩愈的仪仗队里。

韩愈既是朝廷官员，也是唐朝时期著名的文学家。他见自己的队伍停了下来，便下轿来查看情况。贾岛就把事情的缘由说了一遍，说自己因为想得出神，所以忘了回避。韩愈听了哈哈大笑，对贾岛说：“我看还是用‘敲’好，既是深夜，必定门户已关，用‘敲’字更合情理！”贾岛听了连连点头。结果，韩愈不仅没有责罚贾岛，还和他成了好朋友。

后来，这件事慢慢传扬开来，“推敲”就成了一个常用词，常用于比喻做文章或做事时，反复琢磨和斟酌。

韩愈《早春呈水部张十八员外（其一）》

韩愈虽然也曾有官海沉浮的经历，但相比于其他诗人，他的仕途还算比较顺利。在五十六岁的时候，镇州（今河北正定）藩镇叛乱，时任兵部侍郎的韩愈奉命前往安抚，并成功地说服叛军，平息了一场叛乱，皇帝因此嘉奖了他，将他上调为吏部侍郎。在文学上，韩愈此时也已经声名远扬，并且在文学革新的事业中卓有成就。

因为成就卓越，韩愈在晚年的时候，仍保持着积极的心态，写了一些讴歌和赞美自然的诗作。这首名为《早春呈水部张十八员外》的写景抒情诗就是他赠送给水部员外张籍的诗作。

早春呈水部张十八员外①（其一）

韩愈

天街②小雨润如酥③，草色遥看近却无。

最是④一年春好处，绝胜⑤烟柳满皇都。

【注释】

①水部张十八员外：指唐代诗人张籍，因为他在同族兄弟中排行第十八，曾任水部员外郎，故有此称。

②天街：指京城长安的街道。

③润如酥：像酥油一样滋润。

④最是：正是。

⑤绝胜：远远超过。

赏析

这首七言绝句是韩愈晚年时写给好友张籍的诗歌，作品描写和赞美了京城早春的美丽景色，表达了诗人对自然美景的喜爱和赞美之情。

诗歌首句“天街小雨润如酥”描写了蒙蒙春雨洒落在长安大街上的情态。诗人在此以“天街”点明所处的地点，以“润如酥”来形容初春小雨的细滑润泽，造句清新优美，很容易让读者联想到春天到来、烟雨蒙蒙的场景，为读者唤起美的享受。

“草色遥看近却无”是诗中的经典语句，它描写了初春小草沾雨后的朦胧景象。诗人抓住春草刚刚发芽时的稀疏、矮小的特点，描绘出一幅诗意盎然的朦胧美景。早春二月，在一场春雨之后，最初的春草芽儿冒出来了，远远望去，仿佛有一片极淡的青青之色，这片草色就是早春的印迹，显示着春天已经来到。可由于小草太矮，走近看还是若有若无的。诗人在这里通过远观和近看的对比，着力描绘早春草色的朦胧美，也表达出诗人对这美景由衷的喜爱之情。

“最是一年春好处，绝胜烟柳满皇都”两句在前面诗句的基础上，直接抒发了诗人对初春景色的赞美之情。这两句诗的意思是说：早春的小雨和草色是一年春光中最美的东西，远远超过烟柳满城的衰落的晚春景色。诗人在这里运用对比的手法，认为早春和晚春相比，早春的景色更为优胜。一般人在描写春景的时候多会选择春花、鸟啼、明媚的春光等景物，而诗人在本诗中却是选取了看似很不起眼的春草为主要描写对象，通过细致入微的观察，以优美的笔调写出了初春时节美好而独特的景象，颇有新意。

知识链接

韩愈的朋友张籍

张籍，字文昌，是苏州人，唐朝时期的诗人。他从小聪明而勤奋，饱读诗书，早年时一直居住在家乡。唐德宗贞元十二年（796年），好友孟郊到他家拜访，深为他的才学所折服，便劝他进京考取功名。于是在第二年，张籍离开家乡北游，后来经过孟郊的介绍结识韩愈。当时韩愈正在汴州担任进士考试的主考官，他非常赏识张籍，就向朝廷大力举荐他，张籍最终得以进士及第。因为与韩愈交情很好，当时的很多名士，都乐于与张籍交往，张籍也因此认识了不少才华横溢的诗人。

相传张籍特别喜欢杜甫的诗歌，经常一次又一次地抄写杜甫的名作，写完之后，又将这些诗作一张一张地烧掉，然后将烧完的纸灰拌上蜂蜜，一天早上吃三匙。某天，一个朋友到张籍家中拜访，看到他正在烧抄写好的杜诗，烧完之后还用蜂蜜拌好纸灰一起吃，很是不解，就问道："你为什么把杜甫的诗烧掉，又拌上蜂蜜吃了呢？"张籍说："吃了杜甫的诗，我便能写出和杜甫一样的好诗了！"好友听罢，不由得哈哈大笑。

白居易《大林寺桃花》

白居易在二十九岁时考中进士，先后担任翰林学士、左拾遗等官职。唐宪宗元和十年（815年），他因为直言进谏而被贬为江州（今江西九江）司马。在任职后的第二年，他到庐山游览了一番。此时春天已经过去，他也正处于困顿失意的时期，游览过程中不免忧心忡忡，觉得十分凄凉。当他到达高山古寺时，却看到了一片盛开的桃花，他喜出望外，写下了这首诗歌。

大林寺[1]桃花

白居易

人间[2]四月芳菲尽[3]，山寺桃花始盛开。

长恨[4]春归无觅处，不知转入此中来。

【注释】

①大林寺：在庐山大林峰，相传为晋代僧人昙诜（tán shēn）所建。

②人间：指庐山下的村庄。

③芳菲尽：指花都凋谢了。

④长恨：常常惋惜。

赏析

这是诗人游庐山大林寺时写下的诗歌，全诗描写了初夏时节山下的桃花已然凋谢而山寺中的桃花还在盛开的场景，表现了诗人心中的惊喜及对春天美好景物的赞美之情。

“人间四月芳菲尽，山寺桃花始盛开”两句以平淡的诗句写诗人在初夏时节登山赏景时的所思所见。诗人本来想着此时春天已经过去，大地也应该已经芳菲落尽了，没想到却在这高山古寺中看到一片桃花，这意想不到的春景让他觉得非常意外，也由此触发了他的情思。诗中，“芳菲尽”与“始盛开”是一组对比，前者说的是春天已然过去，春花差不多都已经凋谢了，而后者则以盛开的桃花来说明高山古寺中春景仍在。表面上看，这两句诗是在写景记事，实际上却表现出诗人内心情感和思绪的变化：由愁绪满怀地感叹春光易逝到春光仍在的惊喜之情。结合历史背景不难看出，当时诗人正被贬谪，内心失落而痛苦，所以看到“人间四月芳菲尽”的景象时不免哀叹和感慨，引发伤春之情。可在突然之间，他又看到了盛开的桃花，肯定异常惊喜，同时也联想到希望，唤起了心中的美好感情。

“长恨春归无觅处，不知转入此中来”抒发了诗人的慨叹，这两句表达的主要意思为：春天归去的时候，诗人常常怨恨无处把她寻找；谁料得到，她竟悄悄地溜到这深山寺庙中，这两句诗流露出诗人在面对眼前所见之景时的复杂心情。由于眼前所见景色的变化，诗人的情感已由哀叹转为惊喜，所以有了“长恨春归无觅处，不知转入此中来”这样的抒情，由此也反映出诗人对世事无常的感慨。

知识链接

植物生长与海拔气候

白居易在《大林寺桃花》中有“人间四月芳菲尽，山寺桃花始盛开”的诗句，意思是说，四月份时，山下桃花已经凋谢了，而山上的大林寺中，桃花却仍然盛开。其实这两句诗不仅是词人抒情的契机，还蕴涵着一定的科学道理，那就是海拔气候与植物生长的关系。

地理学意义上的海拔指的是某个地点或者地理事物高出或者低于海平面的垂直距离，也就是说，某地相对于海平面的高度越高，其海拔高度就越高。高山上的海拔比山下平地高出很多，而这海拔的差异则会对植物的生长产生不小的影响。在高海拔、低气压的条件下，植物通常会出现光合作用光饱和点升高、暗呼吸速率较低等特点，这有利于植物充分利用光能，也有利于植物体内物质的积累，因此出现了高海拔地区植物花期延后或花期延长的现象。位于高山上的大林寺的海拔比山下平地高出很多，正是这海拔高度的差异，导致山下桃花已经凋谢，而山上桃花依然盛开的现象。

白居易《钱塘湖春行》

钱塘湖，即杭州西湖，自古以来就是有名的游览胜地，唐代时期，许多文人名士纷纷慕名前往。诗人白居易在年轻的时候就对西湖非常向往，可惜一直没有机会前去游览。唐穆宗长庆二年（822年）的七月，诗人被任命为杭州刺史，其后又出任苏州刺史，这才终于有机会一览西湖的风采。

穆宗长庆三年（823年）春，白居易满怀兴致地来到西湖边游览，看到早春的西湖景色，不禁深深陶醉其中，之后便写下这首诗。

钱塘湖春行

白居易

孤山寺北贾亭西，水面初平云脚低[1]。
几处早莺争暖树[2]，谁家新燕[3]啄春泥。
乱花[4]渐欲迷人眼，浅草[5]才能没[6]马蹄。
最爱湖东行不足，绿杨阴里白沙堤。

【注释】

①云脚低：指云层低垂。
②暖树：向阳的树枝。
③新燕：刚从南方飞回来的燕子。
④乱花：纷繁的花。
⑤浅草：刚刚长出地面，还不太高的春草。
⑥没（mò）：隐没。

赏析

这首诗是白居易的写景名作之一，诗歌生动地描绘了诗人早春漫步西湖所见的优美景色，表现了他对西湖春日美景的喜爱和赞美之情。

“孤山寺北贾亭西，水面初平云脚低”两句表达的主要意思为：从孤山寺的北面到贾公亭的西面，湖水涨潮时刚好与堤齐平，白云在天空的低处层层叠叠，同湖面上的波澜连成一片。诗人在这里以“孤山寺北”和“贾亭西”点出自己观察时所处的位置。孤山寺坐落在西湖的后湖和外湖之间的孤山上，向来就是观景的好地方，而贾亭位于西湖旁，也是西湖周边的一处名胜。诗人一开始就来到孤山寺的北面，贾公亭的西畔，放眼望去，只见春水荡漾，天上的云脚很低，仿佛和水面连为一体，这样的美景，不禁令人陶醉其中。这里诗人巧妙地运用“初平”这个词写出自己对春日里西湖水上涨的独特感受，很有新意。

“几处早莺争暖树，谁家乳燕啄新泥”两句主要从动物的变化写早春气象，诗人用“争”和“啄”字，表现出黄莺和燕子那忙碌而兴奋的样子，生动形象，由此也表现出钱塘湖早春时节热闹而充满活力的情状。

“乱花渐欲迷人眼，浅草才能没马蹄”两句诗主要从植物的变化写早春景象，意思是，眼观岸边的野花，渐渐使游人为之着迷；路上浅浅绿草，仅能把马蹄遮盖。通过这样的景物描写，富于诗意的钱塘湖美景形象而生动地展现在了读者眼前。

在诗歌的最后两句中，诗人笔锋一转，抒写游览钱塘湖的感受，他从孤山寺一带来到湖东白沙堤，欣赏了周围美丽的景色，深深地感受到冬天过后的春的气息，从而发出由衷的赞美。

知识链接

西湖的美

西湖位于浙江省杭州市西，它三面环山，湖水秀美，是中国著名的旅游胜地，被誉为“人间天堂”。

西湖古称“钱塘湖”，湖面被孤山及苏堤、白堤两条人工堤分割为里湖、外湖、岳湖、西里湖和小南湖等五个子湖区，各个湖区之间由桥孔连通。西湖周边还围绕着南屏山、凤凰山、吴山等众多的山，每座山形态各异，更增添了西湖的美感。

除了山水之美，西湖还有着浓郁的人文气息和文化氛围。其中关于西湖的由来，有这样一个动人的民间传说：

相传在很久以前，天上的玉龙和金凤在银河边的仙岛上找到一块白玉。经过多年的琢磨，将它雕成了一颗璀璨的明珠，这颗明珠能使枯木逢春，百花齐放。后来天上的王母娘娘得知此事，就派天兵天将前去抢夺宝珠。玉龙和金凤奋力抵抗，可最终明珠还是落到王母手中。可在争抢中，王母无意中松手，明珠从手中滑落，降落到人间，变成了波光粼粼的西湖。玉龙和金凤也随之下凡，变成玉龙山（即玉皇山）和凤凰山，永远守护着西湖。

边塞征战诗

王之涣《凉州词》

在唐开元年间，陇右节度使郭知运搜集了一批西域的曲谱，进献给唐玄宗。唐玄宗看后非常喜欢，就交给教坊翻译成中国曲谱，并配上新的歌词演唱，并以这些曲谱产生的地名为曲调名。《凉州词》原本为《凉州歌》的唱词，这一曲调名在盛唐时期非常流行。后来一些诗人因为喜欢这个曲调，特别为它填写新词，所以出现了很多以《凉州词》为题的诗歌。而在这些诗歌中，又以王之涣的《凉州词》最为有名。

凉州词

王之涣

黄河远上白云间，一片孤城万仞[①]山。
羌笛[②]何须怨杨柳，春风不度[③]玉门关[④]。

【注释】

①仞（rèn）：古代的长度单位，一仞相当于七尺或八尺。
②羌笛：羌族乐器，属横吹式管乐。
③度：吹到，来到。
④玉门关：故址在今甘肃敦煌西北，是古代通往西域的要道。

赏析

这首诗是王之涣的代表作之一，诗歌描写了边塞凉州雄伟壮阔又荒凉寂寞的景象，体现了作者对边塞战士的同情和对朝廷的不满和愤慨之情。

“黄河远上白云间”表明诗人此时站在远处眺望景色，诗句从这一角度出发，描绘出一幅美妙而动人的画面：辽阔的高原上，黄河奔腾而去，远远向西望去，好像流入白云中一般。诗歌的第二句“一片孤城万仞山”紧接着描写塞上孤城。这座边塞的孤城巍然屹立于高山大河的环抱中，看起来很孤单，却格外显眼。“孤城”表现出一种萧索、冷清的氛围，点明了住在这里的人并不是居民，而是戍守边关的将士；“万仞”一词则极言山的高，渲染出雄奇而辽阔的背景，在这样的背景衬托下，孤城就显得更加萧索和荒凉了。

“羌笛何须怨杨柳，春风不度玉门关”两句在之前环境描写的基础上，侧重于抒情。在偏远的边城忽然听到羌笛声，所吹的曲调恰好是《折杨柳》，这怎么能不勾起边关战士的离愁。古代人常有临别折柳相赠的风俗，以“柳”来表示惜别留念之情，所以“柳”也是最能引发人离愁别绪的物象。因此，当戍边士卒听到羌笛吹奏着悲凉的《折杨柳》曲调时，心中浓浓的乡愁就被勾起来了。可诗人毕竟是豁达之人，他并没有沉浸于这样的悲愁情绪中，而是以“何须怨”来排解内心的悲愁。他劝慰士卒，不要怨恨羌笛老是吹奏那哀怨的《折杨柳》曲调，要知道，玉门关外本来就是春风吹不到的地方，根本就没有杨柳可折！这里表面上是劝慰，实际上暗含着“怨也没用”的蕴意，从而表现出一种无奈和感伤，愁苦的情绪更浓了。

知识链接

《凉州词》的故事

王之涣的《凉州词》在创作完成之后，就被当时的乐工制曲歌唱，在民间广为流传，长久不衰。清代的时候，乾隆皇帝特别喜欢这首诗，有一次，他让大学士纪晓岚给自己的扇面题写这首诗的诗句：“黄河远上白云间，一片孤城万仞山。羌笛何须怨杨柳，春风不度玉门关。”纪晓岚接到命令之后连忙写了起来，因为写得太快，居然漏了一个“间”字。

乾隆皇帝看到之后非常不高兴，想要问罪于纪晓岚。纪晓岚见状，突然灵机一动，于是告诉乾隆皇帝：“陛下，这并非王之涣的《凉州词》，而是臣下新近创作的一首词。”乾隆皇帝深知纪晓岚是在耍小聪明，于是让他读出来听听。纪晓岚于是读道："黄河远上，白云一片，孤城万仞山。羌笛何须怨，杨柳春风，不度玉门关。"乾隆皇帝一听，不得不感叹纪晓岚的才华，不但没有惩罚他，反而给予了奖赏。

李颀《古从军行》

李颀（qí）是一个性格豪放、关心国家时事且有着经世治国理想的诗人，可是他在考中进士之后，一直担任着新乡县尉这样一个小官，多年没有得到提拔，其心中自然是愁苦而郁闷的。再加上他对于当时统治者好大喜功、穷兵黩武有所不满，于是就借着"从军行"这一乐府古题写了这首诗，借汉皇开边讽玄宗用兵。

古从军行

李颀

白日登山望烽火①，黄昏饮马傍交河②。
行人刁斗③风沙暗，公主琵琶④幽怨多。
野云万里无城郭，雨雪纷纷连大漠。
胡雁哀鸣夜夜飞，胡儿眼泪双双落。
闻道玉门犹被遮，应将性命逐轻车⑤。
年年战骨埋荒外，空见葡萄入汉家。

【注释】

①烽火：古代一种警报。

②交河：故城遗址在新疆维吾尔自治区吐鲁番西北五公里处，是两条小河交叉环抱的小岛。

③刁斗：古时军中所用的铜炊具，容量一斗，夜间敲击代打更。

④公主琵琶：琵琶原是一种弦乐器，因汉武帝时，江都王刘建的女儿刘细君远嫁乌孙国王昆莫，在远嫁的途中曾弹奏琵琶，故称"公主琵琶"。

⑤轻车：将军的省称。

李颀（690～751年），东川（今四川三台）人，唐代诗人。他出生于富贵家庭，后家道中落，少年时曾寓居河南登封，在开元年间考中进士，任新乡县尉，晚年时期在郗乡隐居。他创作的诗歌内容丰富，尤以边塞诗、音乐诗见长，多数诗歌作品风格豪放，常传达出高昂的情绪和慷慨悲凉的氛围，至今有《李颀集》传世。

赏析

这是李颀借用乐府古题写的一首诗，诗歌以汉喻唐，借汉武帝的开边讽刺当时唐玄宗之用兵。诗中极力描写边地军营恶劣的生活环境，流露出诗人对戍边将士的同情和对国家统治者的不满情绪。

诗歌的前两句描写紧张的从军生活：将士们从早到晚一直忙碌不息，白天爬上山去观望四方有无举烽火的边警；黄昏时候又要到交河边上让马饮水，每天都是如此，真正的休息时间很少。在接下来的“行人刁斗风沙暗，公主琵琶幽怨多”两句中，诗人更进一步指出军营生活的艰苦和凄凉。将士们生活在偏远的地方，居住的环境非常简陋，在白天的时候用刁斗这一炊具做饭，晚上时还要用它敲击打更；在风沙弥漫、一片漆黑的夜晚，除了刁斗的悲怆声音，就只有幽怨的琵琶声，这样的景象多么肃穆而凄凉。

“野云万里无城郭，雨雪纷纷连大漠。胡雁哀鸣夜夜飞，胡儿眼泪双双落”几句着意渲染边陲环境的荒凉和将士们生活的艰苦，意思是说，军营所在的地方非常偏远，周围几乎都是大雪荒漠，没有人居住。在这样的环境中，土生土长的胡雁和胡儿都禁不住哀啼落泪，将士生活的艰苦和心中的孤寂可想而知。环境如此恶劣，戍边的将士没有不想回家的，可是他们不得不留守，这从侧面反映了将士们内心的愁苦。

“闻道玉门犹被遮，应将性命逐轻车。年年战骨埋荒外，空见蒲萄入汉家”四句的主要意思为，听说玉门关的交通还被关闭阻断，大家只得豁出命追随将军拼搏；年年征战不知多少尸骨埋于荒野，生活在此的将士基本只能将西域葡萄移植汉家。诗人在此描写将士们想要班师回朝却又不得不留守的无奈和凄惨，由此也暗示了统治者一意孤行、穷兵黩武的本质，进一步点明了主题。

知识链接

汉武帝穷兵黩武的一面

汉武帝刘彻是汉朝的第七位皇帝，他是一个有着雄才大略的人，在他的英明领导下，汉朝成为当时世界上最强大的国家，但这样一位优秀的历史人物也有着穷兵黩武的一面。

汉武帝元景四年（前112年）秋，有一个敦煌囚徒为讨好汉武帝献上一匹来自大宛国的汗血马。汉武帝得到此马后非常喜欢，于是派使者到大宛国，希望得到更多的汗血马，谁知却被拒绝了。汉武帝一怒之下，就做出以武力夺取汗血宝马的决定。汉武帝命令李广利率领数万骑兵，长途跋涉来到大宛国境内，谁料这次出战不利，全军溃败，将士死伤无数，最终只能兵败而回。三年之后，汉武帝再次命令李广利率军远征，这次军队做了充足的准备，加上正逢大宛国发生政变，汉军不战而胜，夺取了大量的汗血马，并要求大宛国以后每年都要向汉朝选送几匹好马。

汉武帝到了晚年的时候，几乎年年对匈奴和西域用兵，由此增加了人民的负担，弄得民不聊生。可即使如此他仍旧我行我素，没有停止好战之心，最终汉朝经济逐渐衰落。

李白《关山月》

诗人李白生逢盛唐时期，这一时期国家统一、经济繁荣、国力强盛，总体上呈现出一派欣欣向荣的景象。可尽管如此，那时的边关仍旧不太平，西域诸国时常来犯，战争接连不断。诗人李白有感于如此现状，就借用乐府旧题，写下了这首诗。

关山月

李白

明月出天山①，苍茫云海间。
长风几万里，吹度玉门关。
汉下白登②道，胡窥青海湾。
由来征战地，不见有人还。
戍客③望边邑，思归多苦颜。
高楼④当此夜，叹息未应闲。

【注释】

①天山：指祁连山，位于今青海、甘肃两省交界。

②白登：白登山，在今大同东北，汉时匈奴曾围困刘邦于此。

③戍客：指戍边的兵士。

④高楼：古代的闺阁，这里指住在闺阁中的妻子。

赏析

这是李白边塞征战诗中的代表作，诗歌描绘了雄奇壮美的边塞风光，表现了戍边战士生活的艰辛以及战士与思妇的两地相思之苦。

诗歌的前四句以寥寥数笔勾画出一幅辽阔的边塞图景：一轮明月从天山升起，穿行于苍茫的云海之间，那横跨数万里的长风，一直吹越玉门关。在这里，诗人把通常只在水天相接的地方才可能出现的云月苍茫的景象搬到偏远的边山中，并将苍茫的云月与雄浑磅礴的天山组合到一起，显得创新而壮观，充分体现出诗人新颖的构思和独特的想象力。同时，几万里的长风和玉门关等意象还表现出边塞环境的偏远和凄凉，很容易让人联想到戍守于此的将士们生活的艰苦及其远离家乡和亲人的离愁别恨。

“汉下白登道，胡窥青海湾。由来征战地，不见有人还”这四句诗在前面景物描写的基础上，回忆起曾经几次征战场面，描写的对象由边塞过渡到战争。相传汉高祖刘邦在率兵征战匈奴的时候曾经被围困在白登山七天；而青海湾一带，则是唐军与吐蕃连年征战的主要战场，此处战争接连不断，出征的战士需要经常奔赴战场，一不小心就会阵亡，这就使得很少有人能生还回乡。

“戍客望边邑，思归多苦颜。高楼当此夜，叹息未应闲”这四句诗的主要意思是：守边的士兵们凝望着荒凉的边城，常常会想起自己的家乡，这不尽的思归情感使他们无不愁眉苦脸；他们想到自家高楼上的妻子，在此苍茫月夜，一定会因为思念而愁苦不堪。诗人在此不仅写出了征人的思乡之苦，而且还借他们的口吻表达出与其远隔千山万水的思妇的相思之苦，使离愁别恨显得更加深沉。

知识链接

《关山月》解析

《关山月》本是乐府琴歌，在《乐府诗集》中归属于汉《横吹曲辞》，《乐府解题》在解释其主题时说：“《关山月》，伤离别也。”在至今流传的以《关山月》命名的汉乐府作品中，现存最早的一篇为梁元帝萧绎所作，另外还有十几首南朝时期的乐府作品，这些作品基本都没有脱离抒写离愁别恨的主题。在汉代的时候，戍边将士常常在马上演唱和弹奏此曲。到唐宋时期，不少文人都喜欢沿用乐府旧题做诗，《关山月》这一乐府旧题自然也成为许多诗人创作的灵感来源。

《关山月》这一诗题由三个名词组成，每一个名词都蕴涵着丰富的意义，“月”从古至今一直悬挂于高空，是象征着亘古永恒的意象；“山”是富于变化而有一定历史蕴意的，它可以是诗人笔下的任一座山，重点是它有一定的历史背景，能触发诗人的思绪；而“关”则可以是任何一个关口，如玉门关、阳关等，它在一定程度上可以说是边塞的特定符号，这三个词组合起来就构成了丰富蕴藉的内涵。

杜甫《前出塞（其六）》

杜甫生逢唐朝由盛而衰的转折时期，当时的皇帝唐玄宗，极喜边功，使得边关战事不断。唐玄宗天宝六年（747年）的七月，玄宗又让河西、陇西节度使王忠嗣去攻打战略要地石堡城。王忠嗣一向以持重安边为己任，没有领命，还劝说玄宗不要挑起边疆战事，可玄宗并不听劝，继而任命哥舒翰为将军，征伐吐蕃，战事再起，百姓的生活苦不堪言。杜甫得知这一消息后，深感忧虑，于是写了《前出塞》组诗，意在讽刺唐玄宗的开边黩武，这是其中的第六首。

前出塞（其六）

杜甫

挽弓当挽强①，用箭当用长。
射人先射马，擒②贼先擒王。
杀人亦有限③，列国自有疆④。
苟能制侵陵⑤，岂⑥在多杀伤。

【注释】

①强：指坚硬的弓，这种弓射得很远。
②擒：擒获，捉拿。
③亦有限：也应该有个限度。
④自有疆：本来应该有个疆界。
⑤苟能制侵陵：如果能制止侵犯、侵略。
⑥岂：难道。

赏析

这是杜甫边塞诗中的代表作，诗歌写的是天宝末年哥舒翰征伐吐蕃的时事，作品对战争场景的描写较少，以议论为主。诗歌指出当朝统治者穷兵黩武的危害，表达了诗人的不满情绪。

诗歌以议论开篇，表达了对戍边的看法。“挽弓当挽强，用箭当用长。射人先射马，擒贼先擒王”这四句诗就像歌谣一样颇富韵致，朗朗上口，同时又说明了深刻的道理。诗句的主要意思是，用弓就要用坚硬的弓，用箭就要用长箭；要射杀敌人时先要射杀敌人的马，要抓敌人，先得抓住敌人的首领。诗人在这里用了两个“当”、两个“先”，分层次地提出各种作战步骤的关键所在，强调了战争中取得胜利的关键因素，即要有好的武器装备，士气要高昂，作战时要讲究策略，智勇并用。从整体上看，这四个句子形成排比之势，增强了语言的表达效果。实际上，这四句诗所总结的战争经验并不是这篇文章的主旨，只是下文的铺垫。

“杀人亦有限，列国自有疆。苟能制侵陵，岂在多杀伤”四句诗是集中体现诗人思想的重点内容，在这几句诗中，诗人直抒胸臆，发出反对穷兵黩武、一味征战的呼声。诗人并不是反对所有的战争，而是反对不正义的战争，他认为，强兵的目的是守边，赴边不是为了杀伐，以上所提到的那些战争策略都应以“制侵陵”为限度，而不是为了多杀伤，所以统治者不能乱动干戈，更不应以黩武为能事，挑起战争，祸害百姓。这些观点充分反映了国家的利益和人民的愿望，表现出诗人对政事的关心和对统治者的不满。

知识链接

“擒贼先擒王”的故事

“擒贼先擒王”本来是一种军事策略，意思是说，在两军对战中，如果把敌人的主帅擒获或者击毙，其余的兵马则会不战自败。在中国历史上，有不少人就因为正确运用这一谋略，从而在战争中轻易取胜。

唐朝安史之乱时，尹子奇率领十万军队进攻睢阳。当时驻守睢阳的御史中丞张巡见叛军来势汹汹，决定据城固守。尹子奇的军队强攻二十余次，都以失败告终，只好收兵。晚上当尹部的将士休息的时候，忽听城头战鼓隆隆，喊声震天。尹子奇急令部队准备与冲出城来的唐军激战。然而张巡虽命人不断地擂鼓，却一直紧闭城门，没有出战。尹子奇的部队被折腾了整夜，将士们因此十分疲乏。

这时，城中的战鼓再次擂响，张巡突然率领守兵冲杀出来，尹子奇的军队没有防备，吃了败仗。尹子奇见形势不妙，急忙下令撤退。张巡急令部队擒拿敌军首领尹子奇，可是因为张巡从未见过尹子奇，而且此时尹子奇已经乔装改扮混在军士之中，更加难以辨认，张巡一方军士无从下手。突然张巡心生一计，让士兵用秸秆削尖作箭，射向敌军。敌军中不少人中箭，本以为这次是没命了，可仔细一看，发现唐军用的是秸秆箭，认为敌方已经没有箭了，于是心中大喜，争先恐后地向尹子奇报告这个好消息。张巡见状，立刻辨认出敌军首领尹子奇，并命弓箭手射杀他，结果，尹子奇被射伤，仓皇逃命，敌军一片混乱，大败而逃。

王维《使至塞上》

唐玄宗开元二十四年（736年）吐蕃发兵攻打唐属小国小勃律（在今克什米尔北），玄宗马上派遣军队相助。第二年的春天，西河节度副大使崔希逸率兵大破吐蕃军。玄宗皇帝大喜，命王维出塞慰问将士，并在西河节度使府兼为判官，王维由此被排挤出朝廷。在奔赴西河节度使府的途中，诗人有感而发，写下了这首诗。

使至塞上

王维

单车①欲问边②，属国过居延③。
征蓬④出汉塞，归雁入胡天。
大漠孤烟直，长河落日圆。
萧关逢候骑⑤，都护在燕然⑥。

【注释】

①单车：一辆车，这里形容随从不多。
②问边：到边塞去察看，慰问守卫边疆的官兵。
③居延：地名，在今内蒙古额济纳旗北境。
④征蓬：随风飘飞的蓬草，诗中为诗人自喻。
⑤候骑：负责侦察、通讯的骑兵。
⑥燕然：古山名，即今蒙古国杭爱山。

赏析

这是诗人在奔赴边疆慰问将士途中所做的一首诗，全诗描写诗人在赴边途中的所见所感，写出了边塞雄奇壮美的风光。

诗歌的开头两句交代了此行的目的和要到达的地点，并以简练的语句写出了边塞的遥远和辽阔。“单车欲问边”写明诗人轻车简从，要前往边境慰问将士，“单车”说明这次诗人出使所带随从很少，显示出朝廷对这次出使任务并不是非常重视。“属国过居延”说明诗人是要到远在西北边塞的居延去，因为路程遥远，诗人要经历的艰辛和内心的愁苦可想而知。

在三四句中，诗人以“蓬草”和“胡雁”来形容自己，直接表明其飘零之感。虽然这次诗人是奉命出使，其心中却是不情愿的。想着自己即将远离故国乡土，诗人的心中本就十分愁苦，再加上自己这次出使相当于贬谪，被排挤出了朝廷，诗人内心的复杂和心中的凄凉之感就愈发浓重了。

“大漠孤烟直，长河落日圆”是传诵千古的名句，描绘了边陲大漠中壮阔雄奇的景象：在无边无际的沙漠中，只有天尽头一缕孤烟升腾，在远处的河道中，滚滚江水向前奔涌，因为已到傍晚时分，落日低垂河面，显得异常浑圆。烽烟是边塞典型而有代表性的景物，诗人以“直”形容峰烟，就使景物显得单纯简净，直入人心；而“圆”字的使用则增添了河水吞吐日月的宏阔气势，从而使整个画面更显雄奇瑰丽。

诗歌的最后两句笔锋一转，写诗人经过长途跋涉，终于遇到通讯的骑兵，可他告诉诗人将官正在燕然前线呢，诗人不远万里奔赴边疆，结果却是这样，其心中的悲苦和凄凉可想而知。

知识链接

王维及其边塞诗

王维生逢盛唐时期，当时唐王朝国力强盛，但与边疆少数民族间仍旧时有战争。在作战中，唐王朝时常以胜利告终。在这样的历史背景下，盛唐时期的许多文人都有着积极进取的精神风貌和渴望驰骋沙场、建功立业的理想抱负，为了更好地展示这种心境，他们将边塞诗作为重要的抒发情感的平台。

诗人王维早年时并没有到过边塞，但他和当时的许多文人一样，也渴望亲临战场、建功边塞。正是怀着这样的满腔热情，和出于对边塞生活的向往、想象，他创作了一些以抒发为国立功之豪情和对边塞英雄的崇拜为主题的边塞诗，如《李陵咏》、《燕支行》等。

后来，王维终于得到亲赴边塞的机会。因为生活于边塞军营，他对于边塞的风土人情有了更详细的观察，更有了切身的感受，期间他也创作了不少边塞诗。这些边塞诗更加贴近现实，其中不仅洋溢着为国建功的豪情意气，更交织着对征戍生活的深刻思考，代表性的作品有《出塞作》《陇西行》《陇头吟》等。

王昌龄《出塞》

王昌龄是盛唐诗坛一位很有名气的诗人，有“诗家天子王江宁”之称。然而他的仕途并不顺利，他因数次被贬，在荒僻的岭南和湘西生活过，并曾远赴西北边地。对于王昌龄来说，早年时期远赴西域的经历非常难忘，他不仅因此体验到西域地区的别样风情，还留下许多有名的边塞诗。

《出塞》本是乐府旧题，到唐朝时期很多诗人都沿用这一旧题写诗为文，而其中最为有名的当数王昌龄的这首《出塞》了。

出　塞

王昌龄

秦时明月汉时关，万里长征人未还。
但使[①]龙城飞将[②]在，不教[③]胡马度阴山[④]。

【注释】

①但使：只要。

②龙城飞将：指汉武帝时镇守龙城的名将李广，他英勇善战，多次把匈奴打败。

③不教：不叫，不让。教，让。

④度阴山：翻越阴山。阴山，山名，在今内蒙古境内。

赏析

这是王昌龄早年赴西域时所做的一首边塞诗，诗歌描写了边疆的军旅生活，表达了诗人对边战不断、国无良将的感慨，抒发诗人希望起任良将、早日平息边塞战事的心愿及对和平生活的向往。

诗歌的首句从写景入手，勾勒出一幅壮阔的画面：一轮明月，照耀着边疆关塞。诗人在这句中运用了互文的手法，将“秦”、“月”、“汉”、“关”四字交错使用，所以“秦时明月”、“汉时关”并不能简单地理解为秦时的明月和汉代的关，而应该理解为秦汉时的明月，秦汉时的关。诗人在此使用互文的目的在于表明边关的战事自秦汉以来就一直未曾间歇，通过这样的表达，万里边关就被赋予了悠久的历史感，同时也渲染出边疆孤寂而苍凉的气氛，奠定了全诗的感情基调。

“万里长征人未还”一句既叙事又抒情，“万里”指边塞和内地相距万里，突出距离很远；“人未还”则很容易使人联想到战争给人带来的灾难，寄寓了诗人对于战争残酷的控诉和对于戍守边疆将士的深切同情。

“但使龙城飞将在，不教胡马度阴山”两句融抒情和议论为一体，表达的主要意思为，如果龙城的飞将军李广依然健在，一定不会让匈奴的军马翻越阴山。在这里，诗人写到汉代飞将军李广，实际上是想借古喻今，借古代著名将军李广的英勇来比喻唐代出征守边的英勇将士；同时表达了诗人盼望出现良将，驱逐敌人，保卫边疆的强烈愿望，字里行间充满强烈的爱国精神和豪迈的英雄气概。

知识链接

汉将军李广的故事

李广是西汉时期的名将，他武力过人，动作敏捷，射箭精准而有力，因此经常被委以镇守边疆、保家卫国的重任。在戍边期间，他率领军队数次与匈奴军队交战，成功地反击了匈奴的侵犯和掠夺。在多年交战中，匈奴兵吃了不少苦头，深知将军李广的英勇，对他十分畏惧，只要知道李广在边界附近，就不大敢进犯汉朝。

有一次匈奴再次进犯，将军李广率军大败匈奴，并带着几个士兵乘胜追击脱逃的几个残兵，在追了很久之后，他终将几个匈奴残兵全部射杀。这时，前面突然冒出几千名匈奴骑兵，李广意识到中了埋伏，于是命令部下佯装休息，以迷惑敌人，让他们以为汉军是要引他们进入埋伏。匈奴的将军果然中计，马上通知士兵准备应战。一名将军想要出战，李广立刻上马迎战，只一箭就把他射死。之后，李广又勒马回来，下马休息。天渐渐黑了，匈奴兵断定前面有汉军的埋伏，迟迟不敢上前。半夜的时候，山上的匈奴因为惧怕将军李广的英勇，纷纷趁着天黑逃跑了。

王昌龄《从军行（其四）》

《从军行》本是汉代乐府诗，内容多描写军队的战斗生活，后来唐代的很多诗人都沿用这一诗题，写了不少诗歌。唐高宗调露、永隆年间（679～681年），吐蕃、突厥曾多次侵扰甘肃一带，唐礼部尚书裴行俭奉命出师征讨。生活在当时的王昌龄有感于边塞战事的频繁和将士们抗战生活的艰辛，以《从军行》为名写了七首诗歌，这是其中最有代表性的一首。

从军行（其四）

王昌龄

青海长云暗①雪山，孤城②遥望玉门关。

黄沙百战穿金甲③，不破楼兰④终不还。

【注释】

①暗：遮挡，使变得黑暗。

②孤城：当时青海地区的一座城。

③金甲：战衣，金属制的铠甲。

④楼兰：汉代西域国名，这里泛指当时骚扰西北边疆的敌人。

赏析

这是王昌龄《从军行》组诗中最有代表性的一首。全诗主要描写战士从军征战边塞的过程和心情，表达了将士们誓杀强敌、以身报国的豪情壮志，同时也反映了边关生活的艰辛。

“青海长云暗雪山，孤城遥望玉门关”两句写景，诗句描写了从青海湖经祁连山到玉门关这一道边境防线的情形：青海湖上空，长云弥漫；在湖的北面，横亘着绵延千里的皑皑雪山；越过雪山，是矗立在河西走廊荒漠中的一座孤城；再往西，就是和孤城遥遥相对的军事要塞——玉门关。实际上，这两句诗是一个倒装句，诗人在此描写的是从玉门关孤城上遥望时所看到的景色。通过这样的句式变换，诗句所描绘的画面就显得更加壮观且富于新奇的色彩。同时，诗人以“青海长云”、“孤城遥望”极力描写塞外荒凉、空旷的景致，而用“暗”、

“孤”、“遥”等字眼渲染出凄凉、冷清、悲壮的气氛，奠定了全诗的感情基调。

“黄沙百战穿金甲，不破楼兰终不还”两句由环境描写转向抒情，“百战”、“穿金甲”突出了战事的频繁、激烈、残酷，表现了士兵们边塞生活的艰难。诗人在此描述为“百战”，实际上运用了夸张的手法，极言战事的频繁，而用“黄沙”二字来修饰“百战”，突出了西北战场的特征，在漫天黄沙的战场作战，艰苦程度可想而知。“不破楼兰终不还”是战场中将士们豪壮的誓言，在如此严峻而艰辛的战争面前，身经百战的将士们还能发出这样铿锵有力的豪言壮语，充分说明了他们誓死保家卫国的决心和不畏艰苦、不怕牺牲的精神，诗歌暗含的悲壮情感由此显露。

知识链接

王昌龄及其边塞诗

王昌龄是唐朝著名的边塞诗人，其作品中最有名的就是《从军行》组诗，这组诗歌共有七首，内容上主要描写边塞战士及其抗战生活等。

从军行　（其一）

烽火城西百尺楼，黄昏独坐海风秋。
更吹羌笛关山月，无那金闺万里愁。

从军行（其二）

琵琶起舞换新声，总是关山旧别情。
撩乱边愁弹不尽，高高秋月照长城。

从军行(其三)

关城榆叶早疏黄，日暮云沙古战场。
表请回军掩尘骨，莫教兵士哭龙荒。

从军行（其四）

青海长云暗雪山，孤城遥望玉门关。
黄沙百战穿金甲，不破楼兰终不还。

从军行（其五）

大漠风尘日色昏，红旗半卷出辕门。
前军夜战洮河北，已报生擒吐谷浑。

从军行(其六)

胡瓶落膊紫薄汗，碎叶城西秋月团。
明敕星驰封宝剑，辞君一夜取楼兰。

从军行(其七)

玉门山嶂几千重，山北山南总是烽。
人依远戍须看火，马踏深山不见踪。

王翰《凉州词》

《凉州词》原是乐府旧题，其歌词是按凉州（今甘肃省河西、陇右一带）地方乐调歌唱的。到唐代时期，许多诗人沿用这一旧题，写了不少边塞题材的诗歌，王翰的《凉州词》就是如此。

王翰是盛唐时期很有才气的一位诗人，他为人性格豪放，非常关心国家大事。在他生活的那个时期，唐朝国力富强，声威远震，但边境仍然时有战争发生。目睹这样的现实，王翰感触颇多，于是以豪迈而悲凉的笔调，写下了这首《凉州词》。

凉州词[①]

王翰

葡萄美酒夜光杯[②]，欲饮琵琶[③]马上催[④]。
醉卧沙场[⑤]君莫笑，古来征战几人回。

【注释】

①凉州词：《凉州歌》的唱词，是盛唐时流行的一种曲调名。

②夜光杯：用白玉制成的酒杯，其光泽晚上可以照明。

③琵琶：一种乐器，在作战时可用来发出号角声。

④催：催人出征。

⑤沙场：平坦空旷的沙地，古时多指战场。

王翰（687~726年），字子羽，并州晋阳（今山西太原），盛唐时期诗人。他于睿宗景云元年（710年）考中进士，曾任秘书正字、通事舍人、驾部员外等职，后被贬为道州（今湖南省永州市道县）司马，死于贬所。他为人性格豪放，喜游乐饮酒，能写歌词，《全唐诗》存其诗一卷，共十四首，其中尤以《凉州词》最为有名。

赏析

这是王翰的代表作，也是抒写边塞风情的名作，诗歌撷取边塞将士们一次盛宴之后准备出征的场景，表现了征戍战士的守边卫国的壮志豪情，同时也流露出将士们征战的痛苦及其心中的凄凉之感。

“葡萄美酒夜光杯，欲饮琵琶马上催”两句描写了将士们在出征之前开怀痛饮的场面。葡萄酒是西域盛产的一种美酒，夜光杯相传是周穆王时期西胡以白玉精制而成的酒杯；琵琶则是典型的胡人乐器，由此显示出这次宴会的盛大，也流露出浓郁的边地色彩和军营生活的风味。同时，这样的环境渲染，也曲折地反映了将士们豪放的个性及他们此时的心情。将士们身处荒凉艰苦的环境中，经常作战，很难得才有这么一次欢聚的酒宴，此时其内心的激动和兴奋是不言而喻的。然而，正当大家“欲饮”未得之时，琵琶声奏起，将士们又要出征了。在这两句诗中，诗人紧紧抓住将士们在宴会上畅饮和琵琶催发的情景，勾勒出一幅具有浓郁边塞风情的画面。

“醉卧沙场君莫笑，古来征战几人回”主要写筵席上的畅饮和劝酒，同时也点明征战的主题。诗句的主要意思为，即使醉倒沙场，也请诸君不要见笑；自古男儿出征，有几人活着归回？在这里，诗人以将士的口吻抒写衷肠，以“古来征战几人回”表现边陲战争的激烈、残酷和将士作战的艰辛；也以“醉卧沙场”表现出戍边将士豪放、视死如归的气概，呼应豪华盛会所显示出的热烈气氛。这首诗歌虽然以边塞征战为主题，但从最后这两句诗中可以看出，其基调仍然是雄壮高昂的，表现出积极乐观的人生态度。

知识链接

夜光杯的故事

在唐代诗人王翰的《凉州词》中，“葡萄美酒夜光杯”是千百年来传诵的名句，其中提到的“夜光杯”更是激起无数人的兴趣，引人遐想。

夜光杯是用玉琢成的一种名贵饮酒器皿，其之所以被称为夜光杯，是因为当把美酒置于杯中，放在月光下时，杯中就会闪闪发亮。夜光杯在中国的历史可上溯到西周时期。大约在公元前7世纪，也就是周穆王当政时期，西域的一个小国为求得周王朝的庇佑而向朝廷进贡。第一年，这个西域小国派使者给朝廷进献产自新疆的和田玉，周穆王见到玉石非常高兴，盛情款待了使节及其随从。第二年，使节如法炮制，又选出上好的玉石进献，可这次周穆王的反应就很平淡了。使节回国后，将这次进贡的经过一五一十地禀报给本国的国君，并建议国君想办法再次讨得周穆公的欢心。后来有人提议说，周穆王喜欢饮酒，不妨把玉石做成酒器。果然，第三年，当一盏盏晶莹剔透、薄如蝉翼的杯子摆在周穆王面前时，周穆王十分高兴，马上下令用酒杯盛上红葡萄酒，此时杯中波光粼粼，煞是好看。周穆王见状，当即下令重赏赐使节。夜光杯从此诞生，也因此而得名。

高适《塞上听吹笛》

高适不仅在文学方面有所造诣，还有着丰富的人生经历。他早年曾到过蓟门、卢龙一带，后又担任淮南节度使，蜀、彭二州刺史，渤海县侯等职，可以说对边塞生活有着丰富的切身体验。也正因如此，他写出很多颇有豪迈之风的边塞诗，这首《塞上听吹笛》就是其代表作之一。

塞上听吹笛

高适

雪净[1]胡天牧马还，月明羌笛[2]戍楼[3]间。

借问梅花何处落[4]？风吹一夜满关山。

【注释】

①雪净：冰雪消融。

②羌笛：羌族的一种乐器。羌，古代民族。

③戍楼：军营城楼。

④梅花何处落：此处是将曲调《梅花落》拆用，用于构造虚景。

赏析

这是诗人在西北边塞地区从军时写的一首诗，主要描绘了独具特色的边塞风光和戍边战士的生活，显示出诗人的豪迈气概。

“雪净胡天牧马还，月明羌苗戍楼间”两句抓住“雪”、“胡天”、“牧马”、“明月”、“羌笛”等显示北方边塞地区特色的事物，组合成一幅有着浓郁边塞风情的画卷：胡天北地，冰雪消融，牧马的时节已经来临，在傍晚时分，天空洒下明月的清辉，战士赶着马群归来。在这宁静的夜晚，不知哪座戍楼吹起羌笛。在这里，诗人从“雪净”起笔，传递出边塞解冻、春回大地的情景，并引出牧马晚归这一开阔而具有诗意的意象，而“月明”又极柔和地为此添上了清明澄澈的一笔，由此烘托出一种宁静、平和的氛围，这是一般边塞诗中很少见的。

“借问梅花何处落，风吹一夜满关山”紧承前两句，先是将“梅花落”拆用，构造一种虚景，继而以“风吹一夜满关山”表达戍边战士内心的强烈情感，深化了主题。在苍茫而宁静的边塞之夜，忽然传来羌笛声，这笛声如泣如诉，勾起将士们的对家乡的思念，仿佛随风被吹来的已经不止是笛声而是落梅的花片，它们四处飘散，一夜之中就洒满关山。梅花四处纷飞这一虚景的出现，与前面描写的雪净月明的实景配搭和谐，虚实交错，共同营造出美妙阔远的意境，增强了诗句的画面美。同时，诗人在此写梅花四处飘落还暗示了将士们由听曲而想到故乡的梅花，接着想到故乡这一层含义，进而将戍边战士内心绵绵的思乡之情形象地表达了出来。

知识链接

与《梅花落》有关的诗词

《梅花落》本是汉乐府横吹曲名，郭茂倩《乐府诗集》说：“《梅花落》本笛中曲也。”《乐府解题》说：“《汉横吹曲》共二十八解，李延年造。魏晋以后唯传十八曲。《梅花落》即其一。”在之后的朝代中，很多诗人喜欢沿用乐府旧题，因此也留下不少与《梅花落》相关的诗句。

南朝宋时文学家鲍照就以《梅花落》为题写了一首词：“中庭杂树多，偏为梅咨嗟。问君何独然？念其霜中能作花，露中能作实。摇荡春风媚春日，念尔零落逐寒风，徒有霜华无霜质。”作品以庭中杂树象征一般无节操的士大夫，而以梅花自喻，通过诗人与杂树的对话，批判了无节士大夫的软弱、动摇，表明自己不愿同流合污的高尚情操。

初唐诗人杨炯也以《梅花落》为题，写了一首赞美梅花、抒写离愁的诗歌：“窗外一株梅，寒花五出开。影随朝日远，香逐便风来。泣对铜钩障，愁看玉镜台。行人断消息，春恨几裴回。”

与杨炯同时期的诗人卢照邻也写了一首名为《梅花落》的诗歌：“梅岭花初发，天山雪未开。雪处疑花满，花边似雪回。因风入舞袖，杂粉向妆台。”诗歌由梅岭的梅花开放，联想到遥远的边塞，描绘出一幅独特的边塞画面，进而点明边塞征战的主题。

岑参《白雪歌送武判官归京》

在岑参生活的那个年代，西北边疆一带战事频繁，岑参怀着到塞外建功立业的志向，两度出塞，久佐戎幕，前后在边疆军队中生活了六年，因而对塞外风光和征战生活有着极深刻的观察和体验。唐玄宗天宝十三年（754年），岑参正在边塞担任安西北庭节度使封常清的判官，他的前任武判官此时正好卸任回京，岑参在轮台为他送行时有感而发，写下了这首诗歌。

白雪歌送武判官归京

岑参

北风卷地白草折，胡天八月即飞雪。
忽如一夜春风来，千树万树梨花①开。
散入珠帘湿罗幕，狐裘不暖锦衾薄②。
将军角弓不得控③，都护铁衣冷难着。
瀚海④阑干百丈冰，愁云惨淡万里凝。
中军置酒饮归客，胡琴琵琶与羌笛。
纷纷暮雪下辕门⑤，风掣红旗冻不翻⑥。
轮台⑦东门送君去，去时雪满天山路。
山回路转不见君，雪上空留马行处。

【注释】

①梨花：春天开放，花作白色，这里比喻雪花积在树枝上，像梨花开了一样。
②锦衾（qīn）薄：盖了华美的织锦被还觉得薄，形容天气很冷。
③控：拉开，这里指拉弓。
④瀚海：大沙漠。这句说大沙漠里到处都结着很厚的冰。
⑤辕门：军营的大门，临时用车辕架成，故称辕门。
⑥冻不翻：旗被风往一个方向吹，给人以冻住之感。
⑦轮台：地名，在今新疆维吾尔自治区米泉县。

赏析

此诗是一首咏雪送人之作，诗歌生动地描绘了雄奇壮丽的塞外雪景，表达诚挚浑厚的送别之情，读来十分感人。

这首诗歌共分为三个部分，前八句为第一部分，中间四句为第二部分，最后六句为第三部分。前八句诗主要描写诗人在边塞早上所见到的奇丽雪景和夜间感受到的严寒。诗人清晨起来为武判官送行，可没想到在这边塞地方，天气异常恶劣，北风席卷大地，白草都被吹弯了，才八月就下起了大雪；树枝被白雪覆盖着，就像是春风一夜之间把千树万树洁白的梨花都吹开了一样；雪花飘散进入珠帘，沾湿罗幕，穿上狐裘也不能感觉到温暖，织锦做成的被子也觉得单薄。诗中的"忽如一夜春风来，千树万树梨花开"是千古传诵的名句，句中以"梨花"写雪，将春景比冬景，几乎使人忘记奇寒而内心感到喜悦与温暖，很有表现力。

诗歌的第二部分写白天时的雪景和设宴饯别时的情景。"瀚海阑干百丈冰，愁云惨淡万里凝"两句以夸张的手法，将塞外雪景写得气势磅礴、雄伟壮观，从而为"武判官归京"安排了一个典型的送别环境，同时也突出了边塞环境的酷寒和恶劣，渲染出一种苍凉的氛围。而在接下来的"中军置酒饮归客，胡琴琵琶与羌笛"两句中，诗人以简练的几笔，便描写出送别时的热烈场景，不仅点出送别的主题，更为下文的情感抒发奠定了基础。

诗歌的第三部分主要写傍晚时分诗人送别武判官及其踏上归程的情景。时间不知不觉就到了傍晚时分，武判官终于在暮色中迎着纷飞的大雪踏上归程。尽管送行的人还是依依不舍，可已经到了轮台东门，该是分手的时刻了。大雪封山，诗人正担心着路该怎么走，武判官就已经渐渐消失在雪地里了，此时的诗人还舍不得离开，仍在深情地目送。在第三部分中，诗人以质朴的诗句，表达出自己和将士们对战友的真挚情感，同时也传达出边塞将士的豪迈之情。

知识链接

唐诗中描写雪的著名诗句

《白雪歌送武判官归京》一诗的"忽如一夜春风来，千树万树梨花开"两句中，诗人抓住梨花盛开时花团锦簇的情形与雪压冬林的景象相似之处，用梨花来写雪，形象地勾勒出一幅雄奇壮阔的雪景图，颇有浪漫色彩，同时也使原本没见过边塞雪景的人能够产生身临其境的感觉。其实除了这句诗，在唐代还有很多描写雪景十分成功的诗句，下面就摘录一些：

1．不知庭霰今朝落，疑是林花昨夜开。（宋之问《苑中遇雪应制》）

2．燕山雪花大如席，片片吹落轩辕台。（李白《北风行》）

3．才见岭头云似盖，已惊岩下雪如尘。千峰笋石千株玉，万树松萝万朵云。（元稹《南秦雪》）

4．玉垒山前风雪夜，锦官城外别离魂。信陵公子如相问，长向夷门感旧恩。（薛涛《送卢员外》）

5．终南阴岭秀，积雪浮云端。林表明霁色，城中增暮寒。（祖咏《终南望余雪》）

6．月黑雁飞高，单于夜遁逃。欲将轻骑逐，大雪满弓刀。（卢纶《塞下曲》）

岑参《碛中作》

与很多唐代诗人不同，岑参不仅有着建功边塞的豪情，还有过几年从军的切身经历，因而对边塞的风光和军旅生活非常熟悉。正因为有着深入的观察和切身的体验，他笔下的边塞诗才能如此生动而富于感染力。在唐玄宗天宝八年（749年），岑参以安西四镇节度使高仙芝幕府书记的身份，第一次随军出征。在出征期间，他写了不少诗歌，这首《碛中作》是其中较为有名的一首。

碛[①]中作

岑参

走马西来欲到天，辞[②]家见月两回圆[③]。
今夜不知何处宿，平沙莽莽绝人烟[④]。

【注释】

①碛（qì）：沙漠。
②辞：告别，离开。
③两回圆：月亮圆了两次，表示两个月。
④绝人烟：没有人烟，指地方荒凉，没有人居住。

赏析

这是诗人在第一次随军出塞时所写的作品，诗歌描写了诗人在边塞所见到的荒凉景象，抒发了其不知归宿何处的悲凉之感和强烈的思乡之情。

诗歌的首句“走马西来欲到天”中，诗人回忆了踏上征程后的行进过程，整句诗显示出空间的广阔和行军旅途的快节奏。“西来”一词点明行进方向，“欲到天”既暗示边塞离家乡的路程很远，又表现出西北高原的辽阔和野旷天低的特点。在这里，诗人有意将骑着马远赴边塞的过程写得壮阔而富于动感，增强了诗句的表现力。通过这样的描述，我们仿佛能看到诗人随着出塞的军队扬鞭策马，从长安一直向西域进发的过程。

“辞家见月两回圆”意思是说，诗人此时离开家乡已经两个月了，“两回圆”即月亮圆了两次，时间过去了两个月的意思。在这里，诗人选用“月亮”这一抒写乡愁的典型意象，以月圆来说明时间，同时寄寓着“月圆人不圆”的意味，自然地流露出自己的思乡之情，含蓄而不牵强。

“今夜未知何处宿，平沙万里绝人烟”意思是说在这荒无人烟的沙漠中，诗人不知今夜能在哪里住宿。虽然表达的是这样的意思，可诗人在此没有按照一般的逻辑直接叙事，而是前句设问，提出在边塞沙漠中的住宿问题，而后句则转入周围的景物描写。言下之意是沙漠非常辽阔，绵延万里，没有人烟，在这样沉寂和荒凉的地方，不可能找得到住宿的地方，诗人和他的伙伴们也只能就地休息了。诗人运用这样的表达方式，不仅委婉地回答了前句的提问，而且突显了沙漠环境的恶劣和戎马生活的艰苦。

知识链接

沙漠的气候和环境

这首诗题目中的“碛”是沙漠的意思，“碛中作”也就是诗人在沙漠中写的诗。现代人都知道，沙漠的环境非常恶劣，那里的地面完全被沙所覆盖，植物和雨水稀少，空气干燥，因此人烟稀少或者根本没有人烟，非常荒芜。

在整个地球中，海洋面积约占七成，陆地面积仅占三成，而在陆地面积中，又有约三分之一是干旱、半干旱荒漠地。沙漠指的是全部被沙子覆盖的荒漠，这些地域大多是沙滩或沙丘，也有部分是沙下岩石，泥土很稀薄，因而植物很难在此生根和生长；有些沙漠还是盐滩，完全没有草木。沙漠地区的气候干燥，常年都难得下雨，一般的年降水量在二百五十毫米以下，有些沙漠地区甚至少于十毫米，再加上沙漠地区雨水蒸发量很大，远远超过降水量，所以这些地区通常在方圆几百里都找不到水。沙漠地区的气候变化和昼夜温差也很大，在温度较高的夏秋午间，这里地表温度可达六十摄氏度以上，在夜间却可能降到十摄氏度以下。

不仅如此，沙漠地区还经常刮大风，强劲的风力通常能卷起沙石，有时也会将行人和沙漠中的房屋卷飞，最大风力可达飓风程度，有着严重的破坏性。

李益《夜上受降城闻笛》

受降城（今宁夏回族自治区灵武县西南）是唐代灵州治所回乐县的别称。唐高宗时期，驻守于此的朔方总管张仁愿为抵御突厥入侵而修建了这座城，从此之后，这里就成为防御突厥、吐蕃的前线，战事不断。有一次，诗人李益在晚上登上受降城，听到哀婉的吹笛声，不禁有感而发，写下了这首诗歌。

夜上受降城①闻笛

李益

回乐烽②前沙似雪，受降城外月如霜。
不知何处吹芦管③，一夜征人尽④望乡。

【注释】

①受降城：地名，回乐县的别称。
②回乐烽：唐代回乐县，在今宁夏回族自治区灵武县西南，回乐烽即当地烽火台。
③芦管：笛子。
④尽：全部。

李益（748～829年），字君虞，陇西姑臧（今甘肃武威）人，中唐边塞诗的代表诗人。他一生曾担任郑县尉、秘书少监、集贤殿学士、左散骑等职。其诗风豪放明快，尤以边塞诗最为有名。代表作有《送辽阳使还军》、《夜上受降城闻笛》等，今存《李益集》两卷，《李君虞诗集》两卷，《二酉堂丛书·李尚书诗集》一卷。

赏析

这是诗人边塞诗的代表作之一，诗歌通过描写诗人夜上受降城的所见、所闻、所感，表现了戍边战士的思乡之情。

“回乐烽前沙似雪，受降城外月如霜”两句写诗人登城时所见到的月下景色。诗人登上受降城观望景色，远方的回乐烽前是一片沙地，在月光的映照下，沙子像积雪一样洁白且带有寒意。在近处，月光笼罩着受降城，皎洁的夜色像秋霜一样，同样是洁白而冰凉的。在这两句诗中，诗人接连运用“沙似雪”和“月如霜”两个比喻，将沙漠和月光描述得充满寒意，实际上是借这寒气袭人的景物来渲染征人心境的凄凉。受降城的氛围是如此空寂而凄凉，看着这样的情景，诗人强烈地感受到自己身处边塞的孤寂和凄惨，很容易触发思乡的情愫，这就为下文的抒情做好了铺垫。

“不知何处吹芦管，一夜征人尽望乡”两句借前景烘托的典型环境，直接抒情。诗歌的第三句写在边塞的寂静月夜，突然响起凄凉幽怨的芦笛声。在这里，诗人虽然只是描摹笛声却没有点出曲调的内容和其所表达的感情，但在边塞这一远离故国家园的地方，只要有笛声，征人的思乡之情很容易被唤起，听着呜呜咽咽的芦笛声，不禁令人遐想：是哪座烽火台上的戍卒在借芦笛声倾诉那无尽的边愁？这笛声又引起多少征人的共鸣，勾起多少人的思乡情怀？而在“一夜征人尽望乡”一句中，诗人直接抒情，将征人心中浓浓的乡愁直接点明，突出了主题。

知识链接

李益的故事

李益早年常怀救济苍生、建功立业的伟大抱负，为人性格豪放而喜欢交游。在唐代宗大历四年（769年），他进士及第，被授予郑县尉一职，从而走上仕途。然而，因为为人耿直，不懂得曲意逢迎，李益在郑县尉这一官位上一待就是许多年，一直没有得到升迁的机会。后来，因觉得自己的理想抱负很难施展，再加上他很看不惯朝廷一些官员的所作所为，于是干脆弃官，长期漫游于燕赵一带。直到唐德宗贞元十三年（797年），他才得到再次入仕的机会，任幽州节度使刘济从事。因为军中生活艰苦，再加上感觉壮志难酬，他不免有不满和愁苦的情绪。在此之后，他还曾在朝中担任秘书少监、集贤殿学士、左散骑等职。

中唐时期，藩镇割据的现象愈益严重，战争此起彼伏，李益的边塞诗多抒写边塞将士艰苦的抗战生活，表达将士们保家卫国的军心和勇气，以及将士们的思乡之情等。

李贺《雁门太守行》

《雁门太守行》本是《乐府诗集·相和歌·瑟调曲》的旧题之一，到唐代的时候，一些诗人沿用这一旧题写了不少咏叹征戍之苦的诗篇，其中最为有名的要算是李贺这首《雁门太守行》了。

李贺是唐朝中期著名的诗人，在他生活的那个年代，安史之乱虽然已经平息，但藩镇割据的现象仍然十分严重。各藩镇之间、藩镇和朝廷军队之间经常发生战争，同时，周边的一些国家，如北方的突厥时常来犯，边疆也不太平，因此将士们的生活仍十分艰辛。诗人李贺有感于此，就袭用乐府旧题，写了这首诗。

雁门太守行

李贺

黑云压城城欲摧①，甲光②向日金鳞开。
角声满天秋色里，塞上燕脂③凝夜紫。
半卷红旗临易水，霜重鼓寒声不起④。
报君黄金台⑤上意，提携玉龙⑥为君死。

【注释】

①摧：毁坏。这句形容敌军兵临城下的紧张气氛和危机形势。

②甲光：铠甲迎着太阳闪出的光。甲，指铠甲、战衣。

③燕脂：即胭脂，一种红色化妆品，这里指暮色中塞上泥土犹如胭脂凝成。据说长城附近多半是紫色泥土。

④霜重鼓寒声不起：天寒霜降，战鼓声沉闷而不响亮。

⑤黄金台：地名，故址在今河北易县东南，相传战国燕昭王所筑，置千金于台上，以招聘人才、招揽隐士。

⑥玉龙：指一种珍贵的宝剑，这里代指剑。

李贺（790~816年），字长吉，世称李长吉、鬼才、诗鬼等，河南福昌人，唐代浪漫主义诗人的代表。他出生于没落的贵族家庭，仅做过三年九品微官奉礼郎，二十七岁即因病离世。他至今流传于世的诗歌约有二百四十一首，其诗最大的特色就是想象丰富奇特、语言瑰丽奇峭。

赏析

这是李贺最为有名而难解的作品之一，诗歌以极具文学色彩的笔墨描写了奇异的边塞风光和悲壮惨烈的战斗场面，展现了其中瞬息万变的战争风云。

“黑云压城城欲摧，甲光向日金鳞开”两句表面上是在写景，实际却是描写敌军兵临城下时的紧张气氛和危急形势。诗歌的首句主要描写进攻方军队的情形，诗人在此以“黑云压城”来形容攻城敌军的气势，以“压”字来表现敌军人数多而且来势凶猛，同时也暗示交战双方的力量对比悬殊和守军战士的艰难处境。第二句写的是城内守军的状况，尽管力量悬殊，但他们此刻仍严阵以待，准备以死相拼。

“角声满天秋色里，塞上燕脂凝夜紫”两句分别从听觉和视觉方面描写战地阴寒而凝重的气氛。在树叶飘零的深秋季节，本来寂静的战地响起号角声，战争仍在继续。这场战争从白天一直持续到夜晚，此时塞上泥土犹如胭脂凝结，在夜色中浓艳得发紫。在这里，诗人以“角声满天”暗示战斗规模的庞大和战争场面的激烈；同时，诗人将战斗场面由白天写到了晚上，也显示出战争持续的时间很长以及将士们作战的艰辛。

“半卷红旗临易水，霜重鼓寒声不起”紧接着前两句的战争场面描写，续写了援兵来临，将士们坚持苦战的情形。增兵一到将士们就投入战斗，但无奈夜寒霜重，连战鼓也擂不响，由此又突显了战场环境的恶劣。

“报君黄金台上意，提携玉龙为君死”两句所表达的意思为，为了报答国君的赏赐和厚爱，将士们手持宝剑，一个个都甘愿为国血战到死！诗人在此运用燕昭王修建“黄金台”以招揽天下贤士的典故，意在表明将士们报效朝廷的决心，突显他们的壮志豪情，进而点明主题。

知识链接

黄金台招贤

战国时期，燕昭王一心想招揽人才，可当时很多人都对他的诚意表示怀疑，燕昭王为此整天闷闷不乐。

后来有个名叫郭隗（kuí）的智者听闻燕昭王的烦恼，就给他讲了这样一个故事：有个国家的君主愿意出千两黄金购买千里马，然而过了好几年，仍旧没有买到。有一次，他好不容易发现一匹千里马，可当他派手下带着大量黄金去购买这匹马的时候，马已经死了。但是前去买马的人并没有空手而回，而是花五百两黄金把那匹死了的千里马买了回来。后来，那名手下对君主说：“死的千里马你都不惜重金，更何况活马呢？我们这一举动必然会引来天下人为你提供活马。”果然，没过几天，就有人送来三匹千里马。

郭隗接着对燕昭王说：“你如果诚心想招揽人才，首先要从招纳我郭隗开始，像我郭隗这种才疏学浅的人你都能任用，那些比我本事更强的人，必然会闻风赶来。”

后来，燕昭王采纳了郭隗的建议，拜郭隗为师，为他建造了宫殿。不久，许多有才能的贤士不远千里争相来到燕国，燕国一时间人才济济。此后，在这些贤士的帮助下，燕国逐渐强大起来。